AF559804

सात पैसे
तथा अन्य हंगेरियन कहानियाँ

सात पैसे
तथा अन्य हंगेरियन कहानियाँ

मोरित्स जिग्मोन्द

चयन तथा सम्पादन
मारिया नेज्यैशी

अनुवाद
अब्दुल बिस्मिल्लाह
इन्दु मसलदान
असग़र वजाहत
जतीन कौशिक
मारिया नेज्यैशी

राजकमल प्रकाशन

हंगेरियन कृति से अनुवाद

ISBN : 978-81-267-1856-6

मूल्य : ₹495

पहला संस्करण : 2010
This book is printed on **Print on Demand** Technology : 2025

प्रकाशक : राजकमल प्रकाशन प्रा.लि.
1-बी, नेताजी सुभाष मार्ग, दरियागंज
नई दिल्ली-110 002

शाखाएँ : अशोक राजपथ, साइंस कॉलेज के सामने, पटना-800 006
पहली मंजिल, दरबारी बिल्डिंग, महात्मा गांधी मार्ग, प्रयागराज-211 001
1, अनमोल सोराबजी संतुक लेन, धोबी तलाव, मरीन लाइंस, मुम्बई-400 002

वेबसाइट : www.rajkamalprakashan.com
ई-मेल : info@rajkamalprakashan.com

SAAT PAISE TATHA ANYA HUNGARIAN KAHANIYAN
Short Stories by Móricz Zsigmond

मोरित्स जिग्मोन्द : एक परिचय

विख्यात हंगेरियन कथाकार मोरित्स जिग्मोन्द (1879-1942) ने भारतीय ग्रामीण जीवन पर केन्द्रित एक वृत्तचित्र पर प्रतिक्रिया व्यक्त करते हुए अपने उपन्यास 'रोजा शान्दोर अपने घोड़े को कुदाता है' में लिखा था–

"कल शाम को न्यूज़ सिनेमा में मैंने भारतीय लोगों का जीवन देखा। ऐसा लगा जैसे मैंने वही दृश्य देखा हो। घर में बनाए और सिले ढीले कपड़े पहने औरतें, अधनंगे युवा और पूरी तरह नंगे बच्चे। ये सब बड़ी संख्या में साथ-साथ, धूप से बचने की कोशिश करते हुए, एक बड़े नारियल के पेड़ की छाया में लेटे थे। गंगा नदी में चलती नावों की छतें वैसी ही हैं जैसी हंगेरियन गाँवों की घोड़ा-गाड़ियों की छतें होती हैं। ये लोग उसी में जीवन बिता देते हैं। इसी तरह लगभग सौ साल पहले हंगेरियन दास रहते थे–नंगे पाँव; जैसे भारतीय अछूत। किसी के पाँव में चमड़े का जूता नहीं है। मुझे आश्चर्य हुआ कि ये लोग हंगेरियन जनता से कितने मिलते-जुलते हैं। इनके आचार-व्यवहार और भाव-भंगिमाएँ ऐसी थीं कि मुझे लगा कि

मैं शायद बचपन के अपने भाइयों को देख रहा हूँ। मैंने अपनी माँ को भी पहचान लिया। अन्तर केवल इतना था कि हंगेरी में नाक की नथ कभी लोकप्रिय न थी।"

भारतीय ग्रामीण जीवन के प्रति मोरित्स जिग्मोन्द की संवेदना दरअसल न केवल उनके साहित्य में व्यक्त हंगेरियन ग्रामीण जीवन का विस्तार है, बल्कि मोरित्स की सार्वभौमिकता की भी द्योतक है। मोरित्स की लगभग सभी कहानियाँ हंगेरियन जीवन पर आधारित हैं, लेकिन उनकी महान प्रतिभा ने बहुत व्यापक पाठक वर्ग का ध्यान आकर्षित किया है। संसार की सभी प्रमुख भाषाओं में अनूदित होकर उनकी रचनाएँ विश्व साहित्य की धरोहर बन चुकी हैं।

हिन्दी में मोरित्स की प्रसिद्ध कहानियों के इक्का-दुक्का अनुवाद मौजूद हैं। लेकिन ये सब अनुवाद अंग्रेजी के माध्यम से किए गए हैं। हंगेरियन और अंग्रेजी भाषा के बीच जो दूरी है, वैसी हिन्दी और हंगेरियन में नहीं है। इसका एक कारण हंगेरियन समाज और संस्कृति का ग्रामीणोन्मुखी होना है। हंगेरी के ग्रामीण जीवन की भाषा में ऐसे शब्दों की कमी नहीं है जिनके बहुत सटीक पर्याय हिन्दी में हैं। इस संकलन की सभी कहानियों का अनुवाद हंगेरियन से सीधा किया गया है। अनुवाद की पद्धति भी रोचक रही है। अधिकांश कहानियों का अनुवाद मैंने हिन्दी के दो वरिष्ठ कथाकारों असग़र वजाहत तथा अब्दुल बिस्मिल्लाह के साथ किया है। पहले मैं इनके साथ बैठकर हंगेरियन से हिन्दी में अनुवाद करती थी और उसके बाद ये कथाकार मित्र उस कच्चे अनुवाद पर काम करते थे। साहित्यिक अनुवाद हो जाने के बाद हंगेरियन कहानी के प्रत्येक वाक्य के साथ हिन्दी अनुवाद का मिलान

किया जाता था। ऐसा प्रायः होता था कि कभी उक्त लेखक मित्र सन्तुष्ट न हो पाते थे और कभी मुझे इतमीनान न होता था। भारत और हंगेरी की भौगोलिक स्थिति, मौसम, ग्रामीण परिस्थितियों की भिन्नता के कारण अनुवाद करते हुए कभी-कभी ऐसी समस्याओं का सामना करना पड़ता था जिनका समाधान असम्भव-सा लगता था। जैसे, खेती में काम आनेवाले कुछ औजारों, खानों और वनस्पतियों आदि के उचित अनुवाद करने में बहुत समय लगता था। मोरित्स की कहानियों में हंगेरियन बोलियों का प्रयोग भी बार-बार होता है। बोलियों के इन शब्दों के अनुवाद का काम भी जटिल था। इन समस्याओं का समाधान केवल रचनात्मक स्तर पर ही सम्भव है। सहयोगी कहानीकार अनुवादकों ने इस तरह की उलझी हुई समस्याओं का जो समाधान निकाला वह उन्हीं के वश की बात थी। मुहावरों के अनुवाद की चुनौती भी रोचक थी। कभी-कभी कोई हंगेरियन मुहावरा बिलकुल उसी रूप में हिन्दी में मिल जाता था, लेकिन कभी किसी मुहावरे के लिए हथेली पर सरसों जमानी पड़ती थी।

संग्रह की तीन कहानियों का अनुवाद श्रीमती इन्दु मसलदान ने किया है, जो हंगेरियन भाषा की अच्छी ज्ञाता हैं। मैंने उनके अनुवादों का भी मूल भाषा से मिलान किया और उन्हें सही पाया है।

मोरित्स जिग्मोन्द की कहानियाँ पहली बार पुस्तकाकार हिन्दी में छप रही हैं इसलिए यह आवश्यक है कि हिन्दी के सुधी पाठकों का मोरित्स से पर्याप्त परिचय कराया जाए।

पारिवारिक मान्यता के अनुसार मोरित्स का जन्म 29 जून, 1879 को पूर्वी हंगेरी के तिसाचेचै गाँव में हुआ था। यह ईसाई

धर्मप्रचारक पेटर और पाल का शुभ दिन माना जाता है। इस दिन का हंगेरियन ग्रामीण जीवन में बहुत महत्त्व है, क्योंकि इसी दिन से फसल काटने का काम प्रारम्भ होता है। इस दिन जन्म होने के कारण यह स्वाभाविक था कि बालक को पेटर या पाल नाम दिया जाता, लेकिन बालक की माता इसके लिए तैयार न थीं क्योंकि ये दोनों नाम बहुत प्रचलित और साधारण नाम माने जाते हैं। यही कारण है कि अन्ततः बालक को उसके माता-पिता ने जिग्मोन्द नाम दिया। औपचारिक प्रमाण-पत्र में उनका जन्मदिन 2 जुलाई, 1879 लिखा है।

मोरित्स जिग्मोन्द की माता सुधारवादी 'प्रोटेस्टेंट' पादरी की बेटी थीं और पिता का जन्म एक उद्यमी किसान परिवार में हुआ था। उस समय के ग्रामीण जीवन की सामाजिक व्यवस्था के अनुसार मोरित्स जिग्मोन्द की माता का परिवार उनके पिता के परिवार की तुलना में बहुत अधिक प्रतिष्ठित था। निर्धन होते हुए भी मोरित्स जिग्मोन्द की माता के परिवार की सामाजिक स्थिति अच्छी थी। इस कारण यह विवाह उस समय के प्रचलित वैवाहिक सम्बन्धों से भिन्न था।

मोरित्स जिग्मोन्द ने जीवन के प्रारम्भिक छह साल तिसाचेचे में बिताए थे और उनकी यादों में गाँव में बिताए ये वर्ष 'अप्सराओं के द्वीप' में बीते समय जैसे थे।

प्रारम्भिक वर्षों में मोरित्स जिग्मोन्द के पिता ने खेती तथा कारोबार को बढ़ाने के जो उपाय किए थे उनमें बहुत सफलता मिली थी। लेकिन बाद में उन्हें लगातार ऐसी दुर्घटनाओं से दो-चार होना पड़ा जिससे उनकी आर्थिक स्थिति बहुत खराब हो गई। अन्ततः 1884 में उन्हें अपना पुश्तैनी गाँव छोड़ना पड़ा और वे प्रुज गाँव चले गए। ग़रीबी के कारण

बच्चे उनके साथ न रह सके। भाइयों-बहनों में सबसे बड़े होने के कारण मोरित्स जिग्मोन्द को तुरिश्तवान्दी गाँव में मामाजी के घर भेज दिया गया। वहाँ बालक मोरित्स जिग्मोन्द की देखभाल करनेवाला कोई न था। वह अपनी नानी के साथ रहता था जो हमेशा उदास रहती थीं। स्वयं मोरित्स जिग्मोन्द के अनुसार इस उपेक्षा भरे वातावरण और अकेलेपन ने उनके रचनात्मक व्यक्तित्व के निर्माण में महत्त्वपूर्ण भूमिका निभाई थी।

मोरित्स के अनुसार प्रुज में स्थिति कुछ ऐसी थी, "प्रारम्भ में कुछ ऐसे क्षण थे जब मुझे लगने लगा था कि अब सब कुछ समाप्त हो गया है, कुछ नहीं बचा है और आगे भी कहीं कुछ अच्छा नहीं होगा। इन भयानक क्षणों में सबसे स्तम्भित करनेवाला क्षण वह था जब मेरी समझ में आया कि माताजी मुझे इसलिए नहीं खिलातीं क्योंकि खिलाने को कुछ है ही नहीं।" (मोरित्स जिग्मोन्द अपनी रचनाओं तथा विचारों के आईने में)

ऐसी परिस्थितियों में बालक का अन्तुर्मखी हो जाना स्वाभाविक था। वे बचपन से ही तथ्यों और अनुभवों को एकत्रित करने लगे थे। उन्होंने यह निर्णय भी कर लिया था कि वे भविष्य में लेखक ही बनेंगे। एक स्थान पर वे कहते हैं–"मानो मैं इसलिए ही लेखक बन गया कि वे ज़ख्म दिखाऊँ जो मुझे सात से दस साल की उम्र तक प्रुज में लगे थे और जिनको मुझे सहना पड़ा था।" (मोरित्स जिग्मोन्द अपनी रचनाओं तथा विचारों के आईने में)

1890 में मोरित्स जिग्मोन्द का नाम दैब्रेत्सैन के एक प्रसिद्ध प्रोटेस्टेंट स्कूल में लिखवाया गया। इसके बाद शारोशपतक

के विख्यात प्रोटेस्टेंट स्कूल में दो साल पढ़ने के बाद वे 1897 में किशुयसाल्लाश के स्कूल में आ गए, जहाँ उनके एक मामा, पल्लगि जुला निदेशक थे। इसी स्कूल से 1899 में उन्होंने हायर सेकेंडरी परीक्षा पास कर ली। इसी वर्ष उन्होंने दैब्रेत्सैन विश्वविद्यालय के धर्मशास्त्र विभाग में प्रवेश लिया। आधा साल धर्मशास्त्र पढ़ने के बाद वे फिर कानून पढ़ने लगे।

1900 में मोरित्स जिग्मोन्द ने दैब्रेत्सैन विश्वविद्यालय छोड़ दिया और बुदापैश्त विश्वविद्यालय के कानून और कला संकाय में प्रवेश लिया। दो वर्ष बाद उनके माता-पिता भी गाँव से आकर बुदापैश्त के एक उपनगर में रहने लगे।

जीविका चलाने के लिए मोरित्स जिग्मोन्द केन्द्रीय सांख्यिकीय संस्थान में नौकरी करने लगे। यह उनके लिए कठिन संघर्ष का समय था। वे कई प्रकार की छोटी-मोटी नौकरियाँ करते थे, तब कहीं जाकर पूरा पड़ता था। 1903 में बुदापैश्त से प्रकाशित एक नए समाचार-पत्र 'अखबार' के लिए भी मोरित्स जिग्मोन्द ने लिखना शुरू किया। ऐसा नहीं कहा जा सकता कि इस समाचार-पत्र के लिए लिखने के कारण ही वे लेखक बने, क्योंकि वे स्वयं अपने इस काम से सन्तुष्ट न थे। कुछ समय बाद जब एक साहित्यिक संस्था ने उन्हें हंगेरियन लोक साहित्य को एकत्रित करने का काम सौंपा तो वह उनके जीवन में एक महत्त्वपूर्ण मोड़ सिद्ध हुआ। उस दौरान उन्हें उस इलाके में शोध-यात्राएँ करने का अवसर मिला जहाँ उनका जन्म हुआ था। इन यात्राओं ने उनके समक्ष हंगेरियन जीवन के विविध पक्षों को उद्घाटित किया। उन्होंने न केवल दुर्लभ और मूल्यवान सामग्री एकत्रित की बल्कि उस दौरान उन्हें ग्रामीण जीवन का ऐसा गहन और प्रामाणिक

परिचय प्राप्त हुआ, जो उनकी रचनाओं का स्रोत बना।

1905 में मोरित्स जिग्मोन्द का विवाह होलिच यंका से हुआ। शादी के बाद कुछ वर्षों के अन्तर से दो बच्चे पैदा हुए, लेकिन दोनों जाते रहे। उस समय भी मोरित्स पर काफ़ी आर्थिक दबाव थे। कई तरह की नौकरियाँ करने और समाचार-पत्रों में लेखन के बाद भी उन्हें पर्याप्त पैसा नहीं मिल पाता था। संघर्ष, दुख और निराशा के उन क्षणों में मोरित्स जिग्मोन्द को यह पक्का विश्वास था कि वे एक न एक दिन लेखक बनेंगे—महान लेखक। लेकिन उन्हें न तो कहीं से प्रेरणा मिलती थी और न कोई यह मानता था कि उनके अन्दर महान लेखकीय प्रतिभा छिपी हुई है। फिर भी उनकी स्थिति दूसरे संघर्षशील युवा लेखकों से इस अर्थ में अच्छी थी कि उनके मामा पल्लगि जुला उस समय के जाने-माने बुद्धिजीवी थे, जिन्होंने मोरित्स का परिचय उस युग के पत्रकारों, लेखकों और बुद्धिजीवियों से करा दिया था।

1908 में अपने दूसरे पुत्र के निधन के बाद मोरित्स जिग्मोन्द ने एक कहानी 'सात पैसे' लिखी, जो 'पश्चिम' नामक साहित्यिक पत्रिका में प्रकाशित हुई।

'पश्चिम' अपने समय की बहुत प्रतिष्ठित पत्रिका थी। इस पत्रिका के सम्पादक ओश्वात ऐर्नो के सम्बन्ध में मोरित्स जिग्मोन्द ने लिखा है—

"मैं पहली बार उनसे उधर (न्यूयार्क कॉफी हाउस, बुदापैश्त) मिला था। वे कॉफी हाउस के अँधेरे कोने में संगमरमर की मेज़ पर बैठे थे, उनके पास रचनाओं से भरा, एक फटा हुआ लिफाफा, आसपास की कुर्सियों पर अंग्रेजी, फ्रेंच और जर्मन के लगभग साठ-सत्तर अखबार पड़े थे। वे

यूरोप की सभी युवा प्रतिभाओं से परिचित थे और इस काम पर दिन-रात तैनात रहते थे। अपने खराब दाँतों से सिगार दबाए अक्षर पिया करते थे और उनकी आँखें समर्पण के भाव से ओत-प्रोत रहती थीं। मैं इस बात के लिए तैयार था कि अगर वे मेरी पहलेवाली कहानी लौटा देंगे तो मैं उन्हें नई कहानी नहीं दूँगा, पर उनके पूरे व्यक्तित्व ने मेरे सभी अस्त्र-शस्त्र बेकार कर दिए थे। इसलिए मैं उन्हें अपना नया और बेहतर 'अंश' देने पर तैयार हो गया था।

"पहले उनकी आँखें एक क्षण के लिए चमकीं, फिर चमकती रहीं और फिर उनकी आँखों से एक प्रकार की ज्योति प्रवाहित होने लगी और उन्होंने किसी शराबी के आवेग जैसे ढंग से अपने पंजेनुमा हाथों से झपटकर नया 'जाम' ले लिया और काग़ज़ पर आँखें गड़ा दीं। लिखा हुआ ज़्यादा साफ़ दिखाई पड़े, इसलिए उन्होंने चश्मा आँखों पर से हटाकर चेहरे और काग़ज़ के बीच में कर लिया और पढ़ते रहे...

"वे इतने तनाव में थे कि चेहरा सख़्त हो गया था, चेहरे की हर एक नस और मांसपेशी उभर आई थीं। आँखें फटी की फटी रह गई थीं। चश्मे की दूसरी ओर से मुझे उनकी आँखें अद्‌भुत रूप से और ज़्यादा बड़ी दिखाई दे रही थीं। पिशाच जैसी, ऊपर और नीचे गहरे भूरे रंग के बीच सफ़ेद, बड़ी गोल आँखें और चेहरे की मांसपेशियों की तनी हुई नसें कभी-कभी काँप रही थीं...

"पढ़ने के बाद मानो एक गहरे सन्तोष के बाद, थककर साँस ली। गम्भीर और पैनी दृष्टि से मेरी तरफ देखा...

"और मैं, जिसकी सभी रचनाएँ प्रायः ऐसी जगह से लौटा दी जाती थीं, उन्हें गम्भीर, लड़ाकू और उन्मादी दृष्टि से

देखता रहा।

"तब उन्होंने चश्मा उतारा और मेज़ पर रखा। जेब में हाथ डाला और संक्षेप में कहा, 'प्रिय मित्र, अनुमति दें कि आपकी पहलेवाली रचना के स्थान पर इसे छाप दूँ।'

"उन्होंने पुरानी रचना मेरे सामने रख दी और नई कहानी जेब में रख ली।

"पुरानी कहानी उन बहुत-सी कहानियों में से एक थी जो मेरी अन्य दूसरी बहुत-सी रचनाओं की तरह विस्मृति के जंगल में चली गई हैं। नई कहानी 'सात पैसे' थी।"

इस कहानी के प्रकाशन ने मोरित्स जिग्मोन्द को साहित्य जगत में स्थापित कर दिया। इसके बाद ही उनकी गणना हंगेरी के श्रेष्ठ साहित्यकारों में होने लगी। आज भी यह कहानी हंगेरियन साहित्य में विशेष महत्त्व रखती है। विश्व की लगभग सभी भाषाओं में अनूदित मोरित्स जिग्मोन्द की यह कहानी उनकी सर्वाधिक प्रतिनिधि कहानी बन चुकी है।

1909 में मोरित्स जिग्मोन्द का पहला कहानी संग्रह 'सात पैसे' नाम से छपा था। इसके बाद ही मोरित्स जिग्मोन्द को न केवल अत्यधिक ख्याति मिली, बल्कि उन्हें महत्त्वपूर्ण रचनाकार के रूप में स्वीकार किया गया। उन्होंने पत्रकारिता छोड़ दी तथा वे पूरी तरह साहित्य लेखन में जुट गए।

हंगेरी के विश्वप्रसिद्ध कवि अदि ऐन्द्रै मोरित्स जिग्मोन्द की इस कहानी से बहुत प्रभावित हुए थे। यही कहानी उनके परिचय, जो बाद में गहरी मित्रता में बदल गया, का आधार बनी थी।

इन्हीं दिनों मोरित्स जिग्मोन्द ने अपना पहला नाटक 'शारि जज' लिखा था जिसका राष्ट्रीय थियेटर ने सफल मंचन

किया था।

जैसे-जैसे वे लेखन के क्षेत्र में स्थापित होते गए वैसे-वैसे उनकी आर्थिक स्थिति में सुधार होता गया। 1910 में वे अपनी पत्नी के साथ यूरोप की लम्बी यात्रा पर निकले।

1911 में उनका उपन्यास 'सोना-मिट्टी' आया और एक लघु-उपन्यास 'भगवान के पिछवाड़े' शीर्षक से प्रकाशित हुआ।

उन्होंने राजधानी बुदापैश्त के निकट लैआन्यफलु गाँव में ज़मीन खरीदकर अपना घर बनवाया, जो दशकों तक एक साहित्यिक केन्द्र बना रहा।

1912 में उनके दो उपन्यास 'पादरी की कबूतर-पत्नी' और 'शबनमवाला गुलाब' तथा दो कहानी संग्रह 'हंगेरियन' एवं 'वसन्त की हवा' शीर्षकों से प्रकाशित हुए।

1914 में पहले विश्वयुद्ध छिड़ने के प्रारम्भ में मोरित्स को लग रहा था कि लड़ाई की आग में जलकर समाज पुराने पापों से मुक्त तथा शुद्ध हो जाएगा। परन्तु विश्वयुद्ध के संत्रास और उसकी वीभत्सता को देखकर वे जल्दी ही समझ गए कि युद्ध का अर्थ केवल पीड़ा और विनाश है। उन्हीं के अनुरोध पर उन्हें युद्ध-संवाददाता बनने की विशेष अनुमति मिली और वे मोर्चे पर जाकर काम में जुट गए। युद्ध के दौरान वे उग्र सुधारवादी बनते गए। 1917 में वे नया उपन्यास 'मशाल' लिखने में जुट गए। विश्वयुद्ध के दौरान उन्होंने अपनी एक और प्रसिद्ध कहानी 'ग़रीब लोग' लिखी जिसमें उन्होंने अपने क्रान्तिकारी विचारों को बहुत कलात्मक ढंग से प्रस्तुत किया है।

1918 के अन्त में हंगेरी के राजनैतिक परिदृश्य में एक महत्त्वपूर्ण परिवर्तन आया। प्रथम विश्वयुद्ध में हब्सबुर्ग साम्राज्य

(हंगेरी पर जिसका अधिकार था) के पतन के परिणामस्वरूप हंगेरियन राष्ट्रवादियों को आशा की एक नई किरण दिखाई दे रही थी। अन्ततः अक्तूबर 1918 में एक बुर्जुआ क्रान्ति हुई। मोरित्स अपनी पूरी क्षमता के साथ इस दौरान राजनैतिक पत्रकारिता में जुट गए थे। उन्होंने इसी वर्ष दिसम्बर में हंगेरी प्रगतिशील लेखकों के एक संगठन की स्थापना में सक्रिय भाग लिया। इस संगठन के अध्यक्ष अदि ऐन्द्रे थे और मोरित्स उसके उपाध्यक्ष थे। संगठन की स्थापना के अवसर पर उद्घाटन भाषण देते हुए मोरित्स ने कहा था, "जो कुछ तलवारधारी, हत्यारे और गैस के बम गिरानेवाले सैनिक करते हैं लोग वह नहीं चाहते। लोग वही चाहते हैं जो हम यानी संस्कृति के सीधे-साधे, शालीन मजदूर करते हैं।"

इस समय हंगेरी में 'जोतनेवाले को ज़मीन' का महत्त्वपूर्ण राजनैतिक कार्यक्रम चल रहा था। बुर्जुआ क्रान्ति के कर्णधार कारोयि मिहाय ने अपनी जागीर भूमिहीन किसानों को बाँट दी थी। मोरित्स इस काम में अत्यधिक रुचि ले रहे थे। वे गाँव-गाँव जाकर यह देखते थे कि भूमिहीन किसानों को ज़मीनें किस प्रकार दी जा रही हैं और ज़मीन मिल जाने के बाद किसान उनका किस प्रकार उपयोग करते हैं और इस सम्बन्ध में उन्हें किन कठिनाइयों का सामना करना पड़ता है। मोरित्स का यह पक्का विश्वास था कि ग्रामवासियों की प्रगति का एकमात्र रास्ता सहकारी कृषि समितियों की स्थापना ही है।

1919 मार्च में हुई सर्वहारा क्रान्ति के बाद भी मोरित्स ग्रामीण जीवन के आर्थिक, सामाजिक और राजनैतिक परिवर्तनों में विशेष रुचि लेते रहे। मोरित्स को लगा कि अब उनकी आशाएँ पूरी हो जाएँगी : हंगेरी एक स्वाधीन देश होगा और

स्वतन्त्रता, सामाजिक समानता और उच्चस्तरीय संस्कृति के विकास का रास्ता स्पष्ट होगा। परन्तु सर्वहारा क्रान्ति से जन्मा सोवियत जनतन्त्र केवल 133 दिन तक टिका रह सका। इसके बाद वे कुछ अलग-थलग होकर लैआन्यफलु में रहने लगे थे। नई राजनैतिक व्यवस्था में उन पर आक्रमण किए जाते थे। एक बार पुलिसवाले उन्हें हथकड़ी लगाकर गाँव के सभी लोगों के सामने पूछताछ करने के लिए ले गए थे। उनकी रचनाएँ प्रकाशित नहीं की जाती थीं। अकेलेपन के इन क्षणों में वे एक ऐतिहासिक नाटक लिखने की तैयारी करने लगे, जिसका मुख्य नायक दोजा जोर्ज 14-15वीं शताब्दी के किसान विद्रोह का नेता था। पर यह काम अधूरा रह गया।

उस समय मोरित्स की रचनाएँ एक ही पत्रिका 'पश्चिम' में प्रकाशित होती थीं। 1920 में कुछ कविताओं के बाद इसी पत्रिका में मोरित्स का नया उपन्यास 'मौत तक अच्छे बने रहो' छपा था। यह एक छोटे लड़के की कहानी है, जिसमें लेखक को पहचानना कोई कठिन काम नहीं है। यह ग़रीब परिवार का नेकदिल लड़का कठिन परिस्थितियों के बावजूद ईमानदार बना रहता है। एक चिट्‌ठी में मोरित्स ने इस सन्दर्भ में लिखा था, "मैं उस समय एक भयानक आँधी का शिकार था।"

'मौत तक अच्छे बने रहो' मोरित्स की सर्वाधिक गीतात्मक, भावुक और व्यक्तिगत रचना है। इस उपन्यास के बाद मोरित्स फिर ऐतिहासिक विषय पर काम करने में जुट गए। 1913 में एक पाठक ने लेखक से ऐतिहासिक उपन्यास लिखने की प्रार्थना की थी तो मोरित्स ने पत्र का उत्तर देते हुए लिखा था कि वे ऐसे उपन्यास के लिए तैयार ही नहीं हैं, बल्कि उत्सुक हैं। यह कम-से-कम तीन बड़े भागों का उपन्यास होगा,

जिसके मुख्य पात्र बैतलैन गाबोर त्रांसिलवानिया के राजा होंगे। 1922 में मोरित्स की यह योजना 'अप्सराओं का बाग़' उपन्यास के रूप में साकार हुई। उनके त्रांसिलवानिया- ग्रन्थत्रय के दूसरे और तीसरे भाग 'महान सम्राट' तथा 'सूरज की छाया' शीर्षक से प्रकाशित हुए।

दो-चार वर्ष के बाद मोरित्स की रुचि समकालीन हंगेरियन समाज में पुनः जागृत हुई। 1924 में लिखे उनके नए उपन्यास 'सुबह सवेरे तक' से लेकर उनकी अन्य सभी रचनाओं के केन्द्र में हंगेरियन भद्रलोक रहा।

इसी वर्ष उनके दो नाटकों 'जंगली सूअर' तथा 'गेहूँ की बाली' का मंचन भी हुआ।

लेखकीय सफलताएँ प्राप्त करने और प्रतिष्ठित होने के बाद मोरित्स के निजी जीवन में कुछ ऐसे परिवर्तन आए जिन्होंने उन्हें अत्यधिक प्रभावित किया। 1905 में जब मोरित्स जिग्मोन्द का विवाह होलिच यंका से हुआ तब वे केवल एक संघर्षशील लेखक थे और उनकी पत्नी उनके लिए प्रेरणा का एक बड़ा स्रोत थीं। मोरित्स ने स्पष्ट लिखा है "आपके (पत्नी) साथ मैं वह (महान लेखक) बनूँगा क्योंकि इस बड़ी दुनिया में, पूरे विश्व में आप अकेली हैं...जो यह समझती हैं" कि मैं एक दिन महान लेखक बनूँगा।

लेकिन 1920 के आसपास मोरित्स और उनकी पत्नी के बीच तनावपूर्ण स्थिति पैदा हो गई थी।

इसमें सन्देह नहीं कि मोरित्स की पत्नी ने उन्हें एक बड़ा लेखक बनने की न केवल प्रेरणा दी थी बल्कि सक्रिय सहयोग भी दिया था। वास्तव में पत्नी ही ने उन्हें अनुशासन और सन्तुलित व्यवहार की शिक्षा दी थी। वे मोरित्स की सबसे

पहली और महत्त्वपूर्ण आलोचक भी हुआ करती थीं। पारस्परिक प्रेम, सद्भाव, सहयोग और आदर के होते हुए भी वास्तव में इन दोनों का व्यक्तित्व एक-दूसरे के विपरीत था। मुख्य कारण यह था कि दोनों की सामाजिक और सांस्कृतिक पृष्ठभूमि भिन्न थी। उनकी अभिरुचियाँ और जीवन-जगत सम्बन्धी दृष्टिकोण अलग थे। होलिच यंका ने संघर्ष के दिनों में तो मोरित्स का साथ भली-भाँति निभाया था लेकिन मोरित्स की सफलता को सहेजने का सामर्थ्य उनमें न था।

बीस वर्ष के वैवाहिक जीवन के बाद इनके सम्बन्ध असहमतियों, झगड़ों इत्यादि के कारण इतने खराब हो गए कि आराम से लिखने के लिए मोरित्स को बार-बार किसी दूसरे नगर जाना पड़ता था। वे कुछ समय के लिए दैब्रेत्सैन में रहे जहाँ उनकी भेंट और बाद में मित्रता और लगाव मगोश ओलगा नामक एक महिला से हुआ, जिससे वे जीवन भर लगातार पत्र-व्यवहार करते रहे। 1925 में उनकी पत्नी ने आत्महत्या कर ली। मोरित्स के सभी नारी पात्रों में कहीं-न-कहीं उनकी पत्नी की प्रतिछाया है।

1924 में 'गेहूँ की बाली' के मंचन के दौरान मोरित्स की मुलाकात अभिनेत्री शिमोन्यी मारिया से हुई, जिन्होंने नाटक में भूमिका निभाई थी। मोरित्स ने 1926 में इनसे विवाह किया और दोनों ने साथ-साथ पैरिस तथा इटली की यात्रा की। इसी साल मोरित्स का उपन्यास 'सुबह सवेरे तक' प्रकाशित हुआ।

1928 में प्रकाशित उनका नया उपन्यास 'भद्रजनों की हुल्लड़ी दावत' भी भद्रलोक की पतनशीलता पर केन्द्रित था। उसी साल इसके नाटकीय रूपान्तरण का मंचन भी हुआ।

1929 में मोरित्स के 50वें जन्मदिन के अवसर पर गाँव

में समारोह आयोजित किया गया जहाँ वे पैदा हुए थे। इसी वर्ष उनका नया उपन्यास ‘गरम खेत’ प्रकाशित हुआ।

1931 में ‘वर्षा की प्रतीक्षा कम्पनी’ नाम से उनका नया कहानी संग्रह और ‘उबलती शराब’ उपन्यास प्रकाशित हुआ। इन रचनाओं के केन्द्र में भी हंगेरियन भद्रलोक है। मोरित्स की भद्रलोक-विषयक रचनाओं में सबसे अच्छा उपन्यास ‘रिश्तेदार’ है जो 1932 में छपा था। 1930 के आर्थिक संकटकाल में देश के ग़रीब लोग और अधिक ग़रीब हो रहे थे तथा दूसरी ओर सरकारी अधिकारी, पुलिस के अफसर, मन्त्रियों के सलाहकार, बड़े ज़मींदार अधिक धनवान होते जा रहे थे। ‘रिश्तेदार’ उपन्यास भद्रलोक के भ्रष्टाचार की कठोर यथार्थवादी आलोचना है। 1934 में राष्ट्रीय थियेटर में इस उपन्यास का सफल मंचन भी किया गया था।

1932 में मोरित्स का महत्त्वपूर्ण और विख्यात कहानी संग्रह ‘बर्बर’ प्रकाशित हुआ और इस दशक में ही वे ग़रीब जनता के प्रतिनिधि लेखक बन गए। 1935 में अपने एक रिश्तेदार से उसकी आत्मकथा सुनकर मोरित्स ने अपने नए उपन्यास ‘सुखी आदमी’ का कथानक पाया। इस उपन्यास में एक किसान के कठिन जीवन के आईने में पूरे गाँव का चित्रण किया गया है। मोरित्स पहले हंगेरियन उपन्यासकार थे जिन्होंने उपन्यास लेखन में दस्तावेजों का अनूठा प्रयोग किया है।

मोरित्स का दूसरा विवाह भी सफल नहीं हुआ। दूसरी शादी से उन्हें जो भी आशा थी, पूरी नहीं हुई। वे 1937 में दूसरी पत्नी से अलग हो गए और राजधानी बुदापैश्त छोड़कर अपने गाँववाले घर में जा बसे। एक साल बाद उन्होंने अपने नए उपन्यास ‘जब तक प्यार ताज़ा है’ में विवाह की असफलता

के कारणों का विश्लेषण किया।

1936 में लेखक का एक युवा लड़की से परिचय हुआ। इस अनाथ लड़की ने, जिसे वे प्यार से 'चूज़ा' कहते थे, अपना बचपन अनाथालय और तरह-तरह के परिवारों के संरक्षण में बिताया था। वह महानगर के एक ग़रीब इलाके में मजदूरों की तरह रहती थी। लड़की की आपबीती मोरित्स के लिए साहित्य में नया विषय बन गई। उन्हें इस लड़की के माध्यम से महानगर की सामाजिक समस्याओं, सर्वहारा वर्ग, समाज के हाशिये पर जीनेवाले लुम्पेन और आवारा लोगों की स्थिति की जानकारी मिली और इस आधार पर उन्होंने कई कहानियाँ लिखीं। इस क्रम में उनकी सबसे महत्त्वपूर्ण रचना 'अनाथ लड़की' है। यह उपन्यास 1941 में प्रकाशित हुआ था।

1937 में प्रकाशित उपन्यास 'डाकू' मोरित्स जिग्मोन्द की उपन्यास-यात्रा का महत्त्वपूर्ण चरण माना जाता है जो 'डाकू-उपन्यासों' के क्रम में लिखे गए अन्य उपन्यासों की पहली कड़ी है। इस रूमानी प्रेम कथा के माध्यम से उन्होंने किसान और सामन्ती जीवन का यथार्थवादी चित्रण किया है।

1938 में धारावाहिक रूप से मोरित्स की आत्मकथा का प्रकाशन प्रारम्भ हुआ। इसमें उनके परिवार की कहानी, गाँव में उनकी सामाजिक स्थिति, बचपन की कड़वी-मीठी यादें, अतीत तथा वर्तमान का सहज और गीतात्मक चित्रण है। समाजशास्त्रीय, ऐतिहासिक तथा मनोवैज्ञानिक विवेचन भी इस आत्मकथा का अभिन्न अंग है।

वे 1939 से अपनी साहित्यिक पत्रिका निकालने लगे। पत्रिका का नाम 'पूर्व के लोग' था। मोरित्स का उद्देश्य यह

था कि इस पत्रिका में आर्थिक और सामाजिक समस्याओं पर भी बल दिया जाए। यह पत्रिका जनता के लेखकों का मंच बन गई। वे जनता के लेखकों को संगठित करने के लिए भी अत्यधिक प्रयत्नशील थे। इस कारण वे बहुत यात्राएँ करते थे। दूसरा विश्वयुद्ध छिड़ जाने और परिणामस्वरूप सख़्त सेंसर व्यवस्था के कारण उन्हें बहुत परेशानियों का सामना करना पड़ा।

मोरित्स जिग्मोन्द जीवन के अन्तिम वर्षों में डाकुओं पर आधारित उपन्यासों को लिखने में जुटे हुए थे। इन उपन्यासों का मुख्य नायक 19वीं शताब्दी का सबसे प्रसिद्ध सामाजिक डाकू रोजा शान्दोर है। सत्ताधारी उसे क्रूर डाकू समझते थे। लेकिन मोरित्स ने लोक परम्परा के अनुसार उसे ग़रीब लोगों के सहायक और जनता के आदर्श वीर के रूप में चित्रित किया है। ग्रन्थत्रय का पहला उपन्यास 'रोजा शान्दोर अपने घोड़े को कुदाता है' 1941 में छपा था। इस उपन्यास में मोरित्स की प्रतिभा चरम पर पहुँचती है। दूसरा खंड 'रोजा शान्दोर भौंएँ चढ़ाता है' 1942 के जून में प्रकाशित हुआ था, पर यह पहले खंड की तुलना में कुछ कमजोर है। शायद मोरित्स को लगा होगा कि उसे पूरा करने के लिए उनके पास समय नहीं है।

उसी वर्ष अगस्त के अन्त में उन्हें पक्षाघात हुआ और 4 सितम्बर, 1942 को बुदापैश्त में मोरित्स जिग्मोन्द की मृत्यु हो गई।

मोरित्स जिग्मोन्द की कहानियाँ और उपन्यास ग्रामीण जीवन के बहुआयामी और जटिल यथार्थ को सामने लाते हैं। उन्होंने अपने समय के ग्रामीण हंगेरियन समाज का बहुत विस्तार से सूक्ष्म और संवेदनशील चित्रण किया है। मोरित्स न

केवल ग्रामीण जीवन का चित्रण करते हैं बल्कि ग्रामीण जीवन के प्रति उनकी संवेदना और उनकी लगन भी गहरी है। मोरित्स अपने ग्रामीण परिवेश के प्रति न केवल प्रतिबद्ध हैं बल्कि उनके साहित्य में ग्रामीण जीवन के प्रति विशेष आत्मीयता दिखाई पड़ती है। क्योंकि मोरित्स जिग्मोन्द एक गाँव में पैदा हुए थे और उनकी प्रारम्भिक शिक्षा-दीक्षा भी गाँव में ही हुई थी। यही कारण है कि वे गाँव को न केवल अच्छी तरह समझते थे बल्कि भावनात्मक स्तर पर अपने आपको ग्रामीण जीवन के निकट पाते थे।

मोरित्स ने शहर के सर्वहारा जीवन और उसकी समस्याओं को अपना विषय बहुत बाद में बनाया था। मोरित्स को शहर के सर्वहारा जीवन पर लिखने की प्रेरणा सम्भवतः चिबै नामक उस लड़की से मिली थी जो स्वयं शहर के सर्वहारा जीवन से सम्बन्धित थी। चिबै से मोरित्स 1936 में मिले थे। उनकी पहली मुलाकात बहुत नाटकीय ढंग से हुई थी। मोरित्स ने एक बार आधी रात के आसपास दुना नदी के एक पुल पर एक दुबली-पतली युवा लड़की को खड़े देखा जो नदी के पानी को इस प्रकार देख रही थी कि मोरित्स को यह शक हुआ कि वह आत्महत्या करना चाहती है। मोरित्स ने उससे बातचीत प्रारम्भ की और उनके मिलने का क्रम शुरू हो गया। चिबै एक बहुत ग़रीब और अनाथ लड़की थी जो बुदापैश्त के एक ग़रीब इलाके में रहती थी।

इस लड़की के माध्यम से मोरित्स ने शहर के लुम्पेन सर्वहारा वर्ग के जीवन का निकटतम परिचय प्राप्त किया था। कारखानों में काम करनेवाले संगठित मजदूरों तथा उनके आन्दोलनों से मोरित्स का कोई परिचय नहीं हो पाया था। इस

तरह मोरित्स का परिचय वास्तविक सर्वहारा जीवन से नहीं बल्कि लुम्पैन सर्वहारा से ही हो सका था। मोरित्स का जिस सर्वहारा जीवन से परिचय हुआ उसके बारे में वे कहते हैं—"चूँकि सर्वहारा समाज का पूरा प्रतिरूप नहीं है; सर्वहारा एक अधूरा जीव है जो न किसान है, न ज़मींदार, न कारखाने का फोरमैन है, न चिन्ताओं में डूबा हुआ व्यापारी। जो कहीं भी पहुँचा वह फिर सर्वहारा नहीं रहा। जो कहीं-न-कहीं पहुँच गया उसे कुछ नाम दिया जा सकता है पर सर्वहारा कुछ नहीं है।"

चूँकि मोरित्स शहरी सर्वहारा को चिबै की नजर से देखते थे इसलिए उनकी इन रचनाओं की विशेषता यह है कि उनमें ग़रीबी के संसार के चित्रण में भोलेपन और लफंगेपन का अद्भुत सम्मिश्रण है।

मोरित्स के मन में सर्वहारा के प्रति बड़ी सहानुभूति है लेकिन ग़रीबी का चित्रण करते समय मोरित्स पूरे आशावान बने रहते हैं। वे मानते हैं कि दरिद्रता की त्रासदी के साथ-साथ प्रसन्नता, आशा, उमंग का भाव भी सर्वहारा के जीवन का हिस्सा होता है। सर्वहारा सम्बन्धी अपनी कहानियों में मोरित्स रिपोतार्ज के निकट दिखाई देते हैं। यह गुण मोरित्स की इन कहानियों की उपलब्धि और सीमा दोनों ही माना जाता है। ये कहानियाँ कहीं-कहीं कहानी की परिभाषा का अतिक्रमण कर जाती हैं और इनकी नाटकीयता तथा संरचना ढीली पड़ जाती है। कभी-कभी लेखक का दृष्टिकोण भी स्पष्ट नहीं हो पाता क्योंकि वे चिबै के दृष्टिकोण से ही यथार्थ को देखते हैं और उसे स्वयं परिभाषित नहीं कर पाते।

मोरित्स की भाषा हंगेरियन जन-जीवन तथा समाज से जुड़ी एक ऐसी स्वाभाविक भाषा है जो न केवल मौलिक है

बल्कि अपनी प्रक्रिया में गतिशील भी है। मोरित्स की भाषा कितनी प्रभावशाली है इसका एक सबसे बड़ा उदाहरण यह दिया जा सकता है कि उनकी पहली चर्चित कहानी 'सात पैसे' के प्रकाशन के तीन वर्ष बाद ही मोरित्स की भाषा पर शोध-कार्य प्रारम्भ हो गया था। प्रारम्भ से ही मोरित्स का यह बुनियादी उद्‌देश्य और सिद्धान्त था कि साहित्य में बोलचाल की भाषा इस रूप में आनी चाहिए जैसी कि वह जीवन में है। उनकी रचनाओं में साहित्यिक भाषा के साथ-साथ बोलचाल की भाषा का सम्मिश्रण भी दिखाई देता है। मोरित्स ने जितने पात्रों का सृजन किया है उतने ही भाषा-रूपों, भाषा-शैलियों तथा मानव-उच्चारणों को भी प्रस्तुत किया है। पात्रों के चरित्र-चित्रण की बुनियादी आवश्यकता, मोरित्स के अनुसार, वह भाषा है जिसमें पात्र बोलता है। उनके पात्र जो भाषा बोलते हैं वह उन्हें एक निश्चित स्वरूप प्रदान करती है।

अनुक्रम

सात पैसे

तथा अन्य हंगेरियन कहानियाँ

उसका जाना

हरेक की जबान पर एक ही बात थी। कल मालिक की बेटी का ब्याह है। दोपहर का खाना खाने के बाद फसल काटनेवाले मजदूर कटी हुई फसल के आड़े-तिरछे रखे बोझों की छाँव में लेटे हुए थे। कुछ लोगों ने फसल बटोरनेवाले औजारों को एक-दूसरे से टिकाकर उनके ऊपर घाघरा डाल दिया था और उसकी थोड़ी-सी छाया में अपना चेहरा छिपा कर लेट गए थे। सूरज के ताप से बचाव के लिए यह काफ़ी था।

वे मेहनतकश लोग लम्बे-चौड़े पीले रंग के खेत में प्रसन्न भाव से चींटियों की तरह पसरे हुए थे। उस अमानुषिक श्रम के दरम्यान, जो अनन्त और असीम था। वे लोग उसी में अपनी बाँहें लहराते और होंठ फड़काते हुए आनन्द का अनुभव कर रहे थे। लड़के-लड़कियाँ हँसते हुए एक-दूसरे को चिकोटियाँ काट रहे थे और चिढ़ा रहे थे। मानो वही सब उनके जीवन का मुख्य कार्य हो।

किश यानोश ने अपनी खिचड़ी खाई जिसे उसका बेटा ले आया था। बेटे के चेहरे पर हलके भूरे रंग के दाग थे और उसका मुँह हमेशा खुला रहता था। वह भयानक रूप से अपने बाप पर गया

था। खैर...उसके बाद किश ने चारों तरफ नजर दौड़ाई, लेकिन वह इतना आलसी था कि फसल की बोझों से बनी छाया तक भी उससे चलकर जाया नहीं जा सकता था। वह वहीं अनकटी फसल के भीतर ही पसर गया। उसने अपनी टोपी अपने चेहरे पर रख ली और उसे फौरन नींद आ गई। "ब्याह के भोज के लिए मालिक शरूदी पाल ने एक बछड़ा कटवाया है।" वह बस इतना ही सुन सका और सो गया।

उस पर कोई ध्यान नहीं देता था; उसका अपना बेटा तक नहीं। बेटे ने हंडिया को उठाकर उसके भीतर झाँका—यह जानने के लिए कि शायद उसके बाप ने थोड़ा-बहुत कुछ छोड़ दिया हो। लेकिन उसमें कुछ भी नहीं था। मानो उसके कुत्ते 'बादरी' ने उसे साफ़ कर दिया हो। उसने हंडिया को उलट दिया और मूँगफली की खोज में अपने कुत्ते के पीछे-पीछे चल पड़ा।

जब किश यानोश की आँख खुली, सबसे पहले उसने अपने होंठ चाटे। सपने में उसने देखा था कि किसी शादी की दावत में उसने सचमुच खूब पेट भरकर खाया। लेकिन वह यह सोचकर दुखी हो गया कि वह सब कुछ भूल गया था। यहाँ तक कि वह किस दावत में गया था और वहाँ उसने क्या-क्या खाया? काश! नींद न उचटती। उसका पूरा जीवन मजबूरियों में कटा था और वह झेलने का इतना आदी हो चुका था कि उसका यह दुख ज़्यादा देर तक नहीं टिका। उसने करवट ली और दुबारा सोने की कोशिश करने लगा। लेकिन व्यर्थ। टोपी से ढँका उसका चेहरा उबले हुए केकड़े की तरह लाल हो गया था। उसने मूँज की बनी अपनी उस पुरानी, गन्दी टोपी को चेहरे से हटा दिया। खेत से हवा का एक झोंका आया। उसे अच्छा लगा कि त्वचा पर ठंडक की अनुभूति हुई।

"उस बूढ़े शरूदी को हैजा हो जाए!" उसने मन-ही-मन सोचा,

"मैं अपने जीवन में कितना खटा हूँ उसके लिए! क्या वह अपनी बेटी के ब्याह में मुझे न्यौतेगा भी नहीं? कम-से-कम एक बार तो भर पेट खा लूँ।"

उसने अपना अँगूठा उठाया।

"वहाँ गोश्त का सूप होगा। खूब बढ़िया, पीला, घी में बना मुर्गे का सूप। वाह! क्या ही अच्छा होगा। मैं डोंगा-भर खा जाऊँगा।"

मानो वह सूप को सड़प-सड़प पीने लगा। सूप में पड़ी पीले रंग की सेव जैसी चीज़ को सुड़कते हुए जल्दी-जल्दी गले से नीचे उतारने लगा।

"काम पे जाओ।" कोई चीखा।

किश यानोश हिला तक नहीं। उसे याद आया कि अपने बचपन के दिनों में वह शादी की एक दावत में गया था। हालाँकि वहाँ रिश्तेदारी भी थी, मगर मिला क्या था—मुर्गे का एक टखना-भर, बस।

निरीह, नाराज़गी, भीषण क्रोध से भर उठा वह! उसने अपनी मुट्ठी भींच ली। उसे लग रहा था कि वह एक ऐसा घूँसा मारे कि सब कुछ टूट-फूट जाए!

लेकिन उसका अँगूठा उसी तरह तना रहा। और जब उसे इसका एहसास हुआ, उसने याद किया कि वह क्या सोच रहा था।

"और उसके बाद भरवाँ बन्द गोभी...मैं साठ तक खा सकता हूँ। पचास से कम तो किसी भी हालत में नहीं।"

"काम पे जाओ।" यह आवाज़ फिर आई।

वह कसमसाता हुआ धीरे-धीरे उठा। उसने भूख महसूस की और काली पड़ी हंडिया में झाँककर देखा। वह खाली थी। वैसे अगर उसमें होता भी तो क्या होता? पतला सूप!

उसने हंडिया पर लात मारी-तिरस्कार और क्रोध से पूर्ण लात।

हंडिया में छेद हो गया। वैसे भी वह पहले से ही टूटी हुई थी, जिसे तार से बाँधा गया था। तार का टुकड़ा उसके चमरौधे में धँस गया।

"सत्यानाश हो।" किश यानोश ने कोसा और तार की बेड़ी में जकड़ी हंडिया को उछाल दिया। "ज़िन्दगी-भर ग़रीबी में घुट-घुटकर जीना है। वह ससुरा बुड्ढा मुझे नहीं न्यौतेगा।"

दिन-भर उसका दिमाग़ खराब रहा, पर किसी ने उस पर ध्यान नहीं दिया। किश यानोश एक अलक्ष्य किस्म का आदमी था, जिस पर किसी का ध्यान नहीं जाता था। उसने अपना पूरा जीवन इसी तरह जिया था। वह कभी भी, एक क्षण के लिए भी दिलचस्प आदमी नहीं रहा। वह न तो बलिष्ठ था, न ही दुर्बल। न तो लम्बा था, न ही नाटा। वह न तो लँगड़ा था और न ही तनकर चलनेवाला। फिर ऐसा क्या था उसमें कि लोग उस पर ध्यान देते? वह मात्र एक मानव प्राणी था। दो आँखों और एक नाकवाला। हाँ, उसकी मूँछें भी थीं। उसे कभी कोई बात सूझी ही नहीं। जब सुबह होती थी, वह जाग जाता था। रात को सो जाता था। समय आने पर उसका विवाह हो गया। वह आखिरी मौका था, जब उसने भर पेट खाया था। इतना, कि बीमार पड़ गया था। वह कभी फ़ौज में भर्ती नहीं हुआ। वह दस दफा भी गाँव से बाहर नहीं गया था। कभी गया भी था तो बस बाज़ार करने। जहाँ तक हँसने का सवाल है, ज़िन्दगी में सिर्फ़ एक बार वह खुलकर हँसा था। उस वक्त, जबकि सेब जैसी चीज़वाले सूप से भरी पूरी रकाबी चट कर जाने के कारण उसके पिता ने उसे पीटने की कोशिश की थी। वे उसे तानकर एक घूँसा मारना चाहते थे, पर सन्तुलन बिगड़ जाने के कारण लड़खड़ाकर गिर पड़े थे। उनका सिर दीवार से टकरा गया था और उनकी मृत्यु हो गई थी।

उसकी दिलचस्पी सिर्फ़ खाने में थी। इसे लेकर वह जब-तब

अपनी पत्नी को पीट भी दिया करता था। अगर कभी उसे कोई बात सूझती भी थी तो बस यही कि कौन-सी चीज़ खाने में अच्छी लगेगी। पर इस बारे में वह ज़्यादा कल्पना भी नहीं कर पाता था। क्या किया जाए, उसका साथ देने के लिए उसके पास अनुभव भी तो नहीं थे।

उस शाम सारे मजदूरों ने जो रोज अपना खाना साथ लाते थे, लौटकर अपने मालिक को दिन-भर में किए गए कामों का ब्यौरा दिया तो बूढ़े शरूदी ने कहा–

"मरद-मेहरारू, सब सुनो। कल शाम को मेरी बेटी के ब्याह में तुम सभी लोगों को न्यौता है। तुम उसमें आ सकते हो और जितना तुम लोगों के पेट में समाए खा सकते हो।"

यह सुनकर किश यानोश करीब-करीब अचेत-सा हो गया। दरअसल वह डर गया था; यह सोचकर कि वह इस कार्य में सक्षम सिद्ध नहीं होगा। दूसरे मजदूर खुशी से शोर मचा रहे थे और जिन्दाबाद-जिन्दाबाद चिल्ला रहे थे, मगर वह चुप था। वह सबके पीछे खड़ा था। रात घिर आई थी। उस पर किसी का ध्यान नहीं था। अन्ततः सभी लोगों के साथ वह भी भारी कदमों से अपने घर की तरफ चल पड़ा।

घर में उसने भोजन किया। चोकर से बना खट्टा सूप। उसे उसने चुपचाप पिया। उसी वक्त एक बिल्ली म्याऊँ-म्याऊँ बोलती हुई उसकी टाँग पर कूदी, जिसे उसने लात मारकर भगा दिया। उस समय वह कुछ भी नहीं सोच रहा था, मगर एक खास तरह की अनुभूति उसे हो रही थी। मानो कोई बहुत कठिन कार्य उसकी प्रतीक्षा कर रहा हो– उसके जीवन का श्रेष्ठतम कार्य। वह उसके बारे में पूरी तरह कुछ समझ नहीं पा रहा था, मगर अगले दिन होनेवाले भोज को लेकर भयभीत ज़रूर था।

पूरी रात वह ठीक से सो नहीं सका। बार-बार जागता और

करवटें बदलता रहा। यह सोच-सोचकर कि न जाने कल क्या होगा, वह बुरी तरह परेशान रहा।

उसने अपना अँगूठा ताना।

"सबसे पहले मुर्गे का सूप आएगा...मैं कंडाल भर खा जाऊँगा।" वह मुस्कराया। फिर उसने सोचा, "आलू का सूप, जीरे का सूप, चेरी का सूप, चोकर का सूप, मुरब्बे से बना खट्टा सूप, कई तरह के मिश्रित पदार्थों से बना पतला सूप—यही सारी घटिया चीज़ें, जिन्हें उसने जीवन भर खाया था, अगर किसी विशालकाय मटके में भरी जातीं तो ओफ्फो! दुनिया में इतना बड़ा कोई मटका हो ही नहीं सकता। यहाँ तक कि 'इगेर' नगर के बड़े पादरी के शराब-घर में भी इतना बड़ा बर्तन नहीं होगा और अगर उन सारे अच्छे भोजनों को, जो जीवन में उसे नसीब हुए, किसी एक बर्तन में रखा जाए, तो उनसे एक ऐसी सड़ियल-सी हंडिया भी नहीं भरी जा सकेगी, जिसे कल उसने खेत में लात मारकर फोड़ दिया था।"

अचानक उसने महसूस किया कि उसका चमरौधा उसके पाँव में है और तार से बँधी हंडिया उसमें फँसी हुई है। उसने पूरी ताकत से लात चलाई। उस समय अगर वह चारपाई पर होता तो चारपाई धराशायी हो जाती, मगर उस पुरानी-धुरानी चटाई पर इस उछलकूद का भला क्या असर पड़ता? हालाँकि किश यानोश की वह लात बहुत भारी थी। गोया कि वह उसकी ग़रीबी थी, जिसे वह लात मार रहा था।

अगली सुबह जब वह जागा, उसका मन खराब था। आँखें मलकर अपने दुःस्वप्नों को उड़ाते हुए उसे ऐसा महसूस हो रहा था मानो उसका सीना भारी हो रहा है और लोहे की जंजीरों से जकड़ा हुआ है।

"बूढ़े शरूदी का नाश हो! आज मैं इतना खाऊँगा, इतना

खाऊँगा कि उसे दलिद्दर बना दूँगा। मैंने कितनी जुताई की है उसके लिए।''

उस दिन उसे कलेवा करने की हिम्मत नहीं हुई। दोपहर को भी उसने कुछ नहीं चखा। उसे भय था, कि शाम को उसे भूख नहीं रहेगी।

इससे पहले भी, पत्नी से जब झगड़ा होता था तो अक्सर वह पूरा दिन एक कौर भी मुँह में नहीं डालता था और उसे इसका ध्यान भी नहीं रहता था। पर उस दिन वह भीतर-ही-भीतर काँप रहा था और भूख के कारण उसे चक्कर-सा आ रहा था।

उसने दाँत भींच लिए और अपने चौड़े, मजबूत तथा बड़ी-बड़ी हड्डियोंवाले जबड़ों को कसकर बन्द कर लिया। फिर अपनी कंजी आँखों से सामने देखने लगा। वह अपने आपसे लड़ रहा था–किसी जंगली जानवर के हठी क्रोध के साथ! लेकिन उसने कुछ भी नहीं खाया, स्वयं को नियन्त्रित किए रखा।

''पचास भरवाँ बन्दगोभी।''

वह पुनः बुदबुदाया और फौलाद की तरह दृढ़ निश्चय के साथ फसल काटता रहा। एकदम लयात्मक अन्दाज में, किसी मशीन की तरह।

उसके चारों तरफ की दुनिया शून्य हो गई थी। उसे न तो गेहूँ का लम्बा-चौड़ा खेत नजर आ रहा था, न ही उसमें काम कर रहे मजदूर। वह किसी को नहीं जानता था। कुछ भी नहीं। उसका न कुछ अतीत था और न ही भविष्य। उसका समूचा अस्तित्व उस महान संकल्प में समा गया था। मानो वह किसी अतिमानवीय कार्य की ओर बढ़ रहा हो। वह महसूस कर रहा था कि उसका समूचा अन्दरूनी हिस्सा, उसका पेट, इतना बदल गया है कि वह अविश्वसनीय से अविश्वसनीय कार्य को भी कर सकने में सक्षम है। जब उसने चारों तरफ अपनी जलती हुई निगाहें डालीं तो उसे लगा कि वह अपने भीतर पूरी-की-पूरी फसल को भर लेगा। जैसे थ्रेशर मशीन एक के बाद एक

बोझ को अपने पेटे में डालती चली जाती है।

अन्ततः अँधेरा हो चला। मजदूर काम से लौटे। दोपहर से ही दावत जारी थी। अब और तैयारियाँ करने का समय नहीं था। बस उन्हें परोसी हुई मेज़ों पर बैठ जाना था।

किस यानोश को कोने की जगह मिली। उसे लगा, यह बेहतर है। वह दीवार से पीठ टिकाकर बैठ गया। "अब आने दो दुश्मन को।" उसमें वैसा ही क्रोधोन्मत्त दृढ़ता थी जैसी कि उसके पूर्वजों में से किसी एक ने दिखाई थी, जिसने लगभग दो हजार तुर्की सेना का सामना किया था।

परोसनेवाले सूप ले आए।

किश यानोश ने न तो कोई माँग की और न ही संकोच किया। उसे एक खूब गहरी रकाबी दी गई, जिसे भोजन बनानेवाली स्त्री ने शोरबे से लबालब भर दिया था। ऊपर पीले रंग की अँगूठा-भर मोटी चर्बी जमी हुई थी, वह भी छितराई हुई नहीं।

किश यानोश ने लकड़ी का चमचा उठाया और जुट गया शान्ति एवं गम्भीरता के साथ। उसका अन्तर्तम छटपटा रहा था और वह बड़ी मुश्किल से अपना लोभ संवरण किए हुए था।

सूप का दसवाँ चम्मच पीते ही वह भयानक रूप से स्तब्ध हो उठा।

उसे लगा कि वह भरपेट खा चुका है।

उसका चेहरा पीला पड़ गया। उसने महसूस किया कि उसने एक बहुत बड़ा काम हाथ में ले लिया है। उसे अपनी मानवीय क्षुद्रता का बोध भी होने लगा। उसके मस्तिष्क में विचारों का प्रवाह वायु-गति से बहने लगा–कि उसने जो कुछ करने का सोच रखा है, नहीं कर पाएगा।

उसने अपनी भौंहें सिकोड़ीं। उसके छोटे-से माथे पर खड़ी-खड़ी झुर्रियाँ पड़ गईं। उसके बड़े-बड़े और लोहे जैसे जबड़े

'कट' की आवाज़ के साथ आपस में जकड़ गए और एक बार फिर वह आक्रामक हो उठा।

एकदम मशीन की तरह, जैसे वह अपनी दराँती चलाता था–दाहिने से बाएँ–उसी लय में वह अपना चमचा तब तक चलाता रहा, जब तक कि रकाबी खाली नहीं हो गई।

अब उसका सर चकराने लगा और उसे बुरी तरह मतली होने लगी। कमजोर, सूखे और बिना चिकनाईवाला पतला सूप पीने के आदी उसके पेट के लिए वह खाना बहुत ज़्यादा चिकनाईवाला था।

बाद में आया पनीर तथा सेब जैसी चीज़ से बना व्यंजन। सुस्वादु, मक्खनी और सूअर की चर्बी में पकाया हुआ। उसकी रकाबी पूरी तरह भर दी गई।

और किश यानोश ने पीले रंग का, हड्डी से बने मूठवाला, टुटहा-सा अपना काँटेदार चमचा सँभाल लिया। वह एक के बाद एक कौर ठूँसने लगा–जैसे गोदाम में बोरियों की छल्लियाँ लगाई जाती हैं। उसे खाने का स्वाद महसूस नहीं हो रहा था। अन्दर से वह एक दबाव जैसा अनुभव कर रहा था। वह खुली हवा में जाना चाहता था या फिर कम-से-कम एक कड़वी-सी गाली देना चाहता था। उसने वहाँ पर मौजूद लोगों पर अपनी बेहद दर्दनाक एवं जलती हुई निगाह दौड़ाई। सभी लोग खुश थे, हँस रहे थे और सड़प-सड़प खा रहे थे। वह अब पूरी तरह समझ चुका था कि उसके लिए यही बस है। वह इतना खा चुका है कि इससे पहले अपने जीवन में, एक बैठक में, उसने कभी नहीं खाया। लेकिन उसने दाँत पीसे और तीसरे दौर के लिए अपनी रकाबी आगे कर दी। उस दौर में मसूर की दाल के साथ पकी चाँप (पसलियोंवाला मांस) परोसी जा रही थी। भीतर इन्तज़ामकार अपने गीत के माध्यम से भोजन परोसने का क्रम सूचित कर रहा था; मगर बाहर, जहाँ मजूर और

नौकर-चाकर भोजन कर रहे थे, वह नियमित क्रम नहीं चल रहा था। उन्हें वही चीज़ें परोसी जा रही थीं, जो नजदीक में रखी हुई थीं। फलतः किसी को एक चीज़ मिल रही थी तो किसी को दूसरी। किश यानोश सभी कुछ खा रहा था।

वे सारे लोग पूरे दो घंटे तक खाते रहे—बगैर रुके!

उसी समय भरवाँ गोभियाँ आईं।

"पचास!" किश यानोश ने मन-ही-मन कहा और उसके साथ ही उसकी आँखों के सामने अँधेरा छा गया।

भरवाँ गोभी के साथ अतिरिक्त रूप से गोश्त के बड़े-बड़े टुकड़े भी थे। तीन भरवाँ बन्दगोभियों को खाने के बाद किश यानोश गोश्त के एक सख़्त, अधपके टुकड़े को ठूँसने की कोशिश कर रहा था; कि सहसा वह आतंकित हो उठा। उसकी आँखें फूल गईं। पुतलियाँ बाहर निकल आईं और उसकी गर्दन की नसें रस्सियों की तरह उभर गईं।

वह अपनी बची-खुची चेतना के साथ तेजी से बाहर भागा।

जैसे ही वह शहतूत के पेड़ के पास पहुँचा, उसे उल्टी हो गई और तकलीफ से राहत मिली। लेकिन गोश्त का जो टुकड़ा गले में जाकर अटक गया था, जिसकी वजह से उसकी जान पर बन आई थी, वह वहीं अटका रहा।

उसकी आँखों में आँसू आ गए। अपने जबड़ों को उसने इस तरह कसकर भींच रखा था कि उनके दरम्यान एक तिनका तक नहीं जा सकता था।

वह मानो जुनून में बड़बड़ाया।

'मर कुकुरा मर!'

उसने गोश्त के टुकड़े को एक बार फिर निगलने की कोशिश की।

लेकिन वह असफल रहा। टुकड़ा न तो नीचे जा रहा था, न

ही बाहर निकल रहा था।

उस आदमी की दोनों भुजाएँ हवा में तन गईं। उसका दुबला-पतला, लम्बा शरीर ऐंठने लगा और वह चित हो गया।

ज़मीन पर वह अपनी आखिरी साँस तक अत्यन्त भयानक ढंग से ऐंठता हुआ चुपचाप तड़पता रहा। फिर वह शान्त हो गया।

वह कहाँ गायब हो गया, इस पर किसी का ध्यान नहीं गया। वैसे ही, जैसे कि वह वहाँ मौजूद था या ज़िन्दा था; इस पर कभी किसी का ध्यान नहीं गया था।

अनुवाद : *अब्दुल बिस्मिल्लाह/मारिया नेज्यैशी*

पासी की गन्दी कमीज़

जागीर के बीचोबीच ज़मींदार की हवेली खड़ी थी। ठीक उसके सामने एक ख़ूबसूरत बगीचा था, जिसकी देखभाल ख़ुद हवेली की बड़ी मालकिन करती थीं। गुलाब शिशिर के बन्धन से आजाद हो गए थे। सर्दी के दिनों में गुलाब के पौधों पर डाली गई मिट्टी हटा दी गई थी। उनकी कलियाँ लौ की तरह सुहाने सूरज की ओर उन्मुख हो रही थीं। डैफोडिल लम्बी कतार में नुकीले से हो रहे थे, जिनके फूल खिल उठने के लिए बेताब थे। जापानी पौधे की कलियाँ ख़ूबसूरत वसन्त में भरी-भरी-सी हो रही थीं और खिली पड़ रही थीं। सारी चीज़ें ज़िन्दादिल थीं, विह्वल और आह्लादित। खिलने को तैयार।

प्यारी-सी, स्फूर्त बड़ी मालकिन वहाँ मजूरों के बीच खड़ी थीं और उन्हें अपना हुकुम सुना रही थीं। वे स्वयं वसन्त के किसी अद्भुत पौधे के समान थीं–ताज़ादम और ज़िन्दादिल! उनकी सुन्दरता खिल रही थी। ताजा हवा से उनके गाल गुलाबी हो रहे थे। छोटे आकार के कोट के भीतर उनके अंगों में सूरज की किरणें ऊष्मा पैदा कर रही थीं।

उनका छोटा बेटा इर्द-गिर्द मँडरा रहा था। उस सुबह उन्होंने उसे

स्कूल नहीं जाने दिया था, क्योंकि स्कूल उनकी हवेली से तीन मील की दूरी पर था और बेटे की तबीयत अच्छी नहीं थी। उस वक्त सारे-के-सारे घोड़े पूरी तरह व्यस्त थे, फिर भी पहले तो उन्होंने ऐसी सुहानी धूपवाले दिन में उसके पैदल स्कूल जाने का विरोध नहीं किया, लेकिन सुबह-सुबह जब वह स्कूल जानेवाला था, उन्होंने उसे देखा और वह सामने आया तो चिन्तित होकर पूछा कि क्या बात है? उन्होंने उसका बुखार नापा, मगर बुखार निकला नहीं। फिर भी उन्होंने सोचा कि हो सकता है चढ़नेवाला हो! इसलिए ठीक है कि घर पर ही रहे। वैसे भी लड़का दूसरों के मुकाबले अधिक कुशाग्र था। वह क्यों बैठे वहाँ जाकर, कक्षा के घुटन-भरे माहौल में! घर में वह चारों तरफ घूमे-फिरे, चूजों और सूअर के नन्हे-नन्हे बच्चों की तरह। दूसरे बच्चों की साँसों की दुर्गन्ध के बीच रहने से यह कहीं बेहतर है।

लेकिन बच्चे को कुछ अच्छा नहीं लग रहा था। वह इधर-उधर दौड़-भाग नहीं कर रहा था। शायद उसका मन खराब था। वह बस अपनी माँ के पीछे-पीछे लगा हुआ था।

बच्चों के साथ भी क्या मुसीबत है! एक बच्चे का नन्हा-सा जीवन कितना रहस्यमय होता है। वे उसे चिन्ताभरी नजरों से देख रही थीं। आखिर इसे क्या हो गया है! सहसा बगीचे में हवा का एक ठंडा झोंका आया। झाड़ियाँ हिल उठीं। वे बोलीं, 'कमरे में जाओ और अपने ग्रामोफोन से खेलो।'

हलकी-सी अनिच्छा जाहिर करने के बाद बच्चा भीतर चला गया।

वे उसे जाते हुए देखती रहीं और परेशान रहीं। वह उनके बच्चों में से अकेला था, जो घर में रहता था। दूसरे सभी बड़े बच्चे पैश्त[1] के

1. हंगरी की राजधानी बुदापैश्त दो भागों में बसा है : बुदा और पैश्त। बुदा पहाड़ी भाग है और पैश्त मैदानी भाग।

बोर्डिंग स्कूलों में थे। इसलिए वे इसके बारे में अधिक चिन्तित रहा करती थीं।

उसी समय उनके पतिदेव बगीचे में चलते हुए पास आए और बोले, "अरी भागमान, चाहो तो थोड़ी देर के लिए बाहर खेतों की तरफ चली जाओ! चारों ओर नजर दौड़ाओ और देखो कि वे आलसी, गँवार लोग कुछ काम-वाम कर भी रहे हैं या नहीं! मैं तो जा नहीं सकता, क्योंकि मुझे यार्कशीर[1] सूअरों के पास रहना है।"

वहाँ भी कुछ गड़बड़ी थी। नए कुंड बनवाए गए थे। सूअरों में से दो ही सूअर दुखी लग रहे थे। उन्हें सुई लगाने के लिए डॉक्टर आनेवाला था।

एक छोटी गाड़ी में घोड़ा जुता हुआ था। वे वहाँ गईं और गाड़ी में बैठकर खेतों की ओर निकल पड़ीं।

मजदूर मक्का बो रहे थे और आलू के पौधे भी रोपे जा रहे थे। वे खुशनुमा खेतों के बीच से गुजर रही थीं और देख रही थीं कि गेहूँ की फसल कैसी हरी-हरी हो रही है, पौधे हवा में लहरा रहे हैं! मजदूर बड़ी लगन से काम कर रहे थे। इधर-उधर स्त्रियाँ टोलियों में बँटी हुई निराई-गुड़ाई में लगी हुई थीं।

अचानक एक अजीब-सी चीज़ ने उन्हें चौंका दिया। जहाँ निराई-गुड़ाई हो चुकी थी, वहीं उन्होंने एक बौने से बच्चे को देखा। वे समझ नहीं पाईं कि मामला क्या है?

वह बच्चा किसी आदमी का आधा हिस्सा लग रहा था। उसके सिर्फ़ नन्हे-नन्हे हाथ थे, जो इस तरह लहरा रहे थे, मानो हवा उन्हें हिला रही हो!

वह दृश्य उनकी आँखों में चुभ गया और वे उसे अच्छी तरह देखने के लिए गाड़ी से उतर पड़ीं।

जब वे उस अबोध बालक के पास पहुँचीं, जो मुश्किल से

1. अच्छी नस्ल के सूअर।

अट्ठारह महीने का रहा होगा, उन्होंने देखा कि मानो वह मिट्टी में रोप दिया गया है!

वे उसके पास खड़ी हो गईं और उसे देखने लगीं। हाँ, निश्चय ही वह बच्चा वसन्त की भुरभुरी धरती में गड़ा हुआ था।

"तुम लोगों ने इस बच्चे के साथ यह क्या किया है?"

मजदूरिनों की पंक्ति से एक स्त्री बाहर निकली और दौड़कर सामने आ गई।

"क्या यह तुम्हारा बच्चा है?"

"हाँ, बड़ी मालकिन!"

"तुमने यह क्या किया है इस बच्चे के साथ?"

"कि ये इधर-उधर रेंगे न बड़ी मालकिन!"

उस स्त्री ने बच्चे को ज़मीन में कमर तक गाड़ दिया था और उसके जिस्म का मात्र ऊपरी हिस्सा ज़मीन के ऊपर था। नन्हा शिशु अपनी चमकीली आँखों से ऊपर देख रहा था और अपनी माँ की ओर अपने नन्हे-नन्हे हाथ फैला रहा था!

"बच्चे को फ़ौरन बाहर निकालो!"

स्त्री ने बच्चे को ज़मीन से बाहर निकाला।

"देखो तो, इसके तन का निचला हिस्सा पूरी तरह सिकुड़ गया है! कैसे तुम इतनी निष्ठुर हो गई!"

"अरे मालिकन, घर में कोई नहीं है, जिसके पास इसे छोड़ती! इसीलिए काम पे साथ लाना पड़ता है।"

"अच्छा...!"

"जी, हम लोगों के यहाँ यही रिवाज है।"

"और क्या खूब रिवाज है! है न? बच्चा ठंड खा गया तो!"

"नहीं मालकिन, इसे कुछ नहीं होगा, ज़मीन बहुत अच्छी और गरम है।"

"बकवास बन्द करो! अगर तुम ठीक से इसकी देखभाल नहीं करोगी तो बच्चा मर जाएगा।"

"भगवान इसके रच्छक हैं।"

"भगवान रक्षक हैं, पर तुम नहीं! मुझे दुबारा कभी यह न दिखलाई दे कि कोई बच्चा ज़मीन में गड़ा हुआ है!"

उन्होंने निश्चय ही बहुत गुस्से से उस औरत को धमकाया और फिर, हवेली में पहुँचने के बाद भी वह यह सोच-सोचकर संतप्त होती रहीं कि उन्होंने इतना भयानक दृश्य पहले कभी नहीं देखा! जब उन्होंने यह बात सुई लगाने आए डॉक्टर को बतलाई तो वह हँसा और बोला, "दुनिया के इस हिस्से में बहुत सारे अन्धविश्वास हैं, इसलिए इन लोगों से समझदारी की बातें करना असम्भव है।"

कुछ दिनों के बाद वे मजदूरों की उस बस्ती में गईं, जहाँ वह स्त्री रहा करती थी, जिसने अपने बच्चे को ज़मीन में गाड़ रखा था। उन्होंने उसे देख लिया और उसे पुकारकर पूछा, "हाँ, तो अब तुम्हारा बच्चा कैसा है?"

"अरे, सब आपकी दया है मालकिन! मुलाँ उसे तो जर चढ़ा है! किसी ने टोना कर दिया है।"

"किसने कर दिया है टोना?"

"अभी तक तो नहीं मालूम...मुलाँ है!"

"हैं! कैसे?"

"इसे नजर लगी है।"

"बच्चे को दिखाओ मुझे!"

वे उस मजूरिन के साथ घर में घुसीं और आतंकित-सी हो उठीं।

बच्चा घर के लिपे हुए ठंडे फर्श पर चीथड़ों के ढेर के ऊपर एक नन्हीं-सी बेहद गन्दी कमीज़ पहने लेटा था। उसका समूचा बदन तवे की तरह तप रहा था।

उन्होंने झुककर उसे देखा।

''इस बच्चे को तो मेनिनजाइटिस है।''

उन्होंने बच्चे की माँ पर नज़र दौड़ाई। वहाँ एक और लड़की भी थी–'पिरोश', जो दो वर्षों तक उनकी हवेली में काम कर चुकी थी, मगर अब इसलिए काम छोड़ दिया कि उसकी सगाई हो चुकी थी और व्हिटसन[1] नामक त्यौहार पर उसका ब्याह होनेवाला था।

''पिरोश!'' उन्होंने उसे आवाज़ दी, ''तुम्हारी भी मत मारी गई है! क्या बच्चे के साथ ऐसा किया जाता है? क्या हमारे घर में तुमने नहीं देखा, कि जब बच्चे को कुछ हो जाता है तो हम क्या करते हैं?''

लड़की ने सिर लटका लिया और उपेक्षा भाव से मौन रही।

नन्हे शिशु की माँ उखड़े स्वर में बोली, ''मालकिन, यह बड़मनई का बेटा नहीं है। यह तो किसान की बुंद है।''

''तो? बच्चे के लिए कोई फर्क नहीं पड़ता कि वह किस घर में पैदा हुआ है? बीमारी तो बीमारी है। इसे मेनिनजाइटिस है, मैं बता रही हूँ तुम्हें। तुम मार रही हो इस बच्चे को!''

''परमात्मा ही रच्छा करेंगे!''

''सब कुछ भगवान पर ही न छोड़ दो! इसे इसी वक्त उठाओ और बिस्तर पर लिटाओ।''

''नहीं! बेटवा को कोई ना छुए, नहीं तो मर जाएगा वह।''

''क्यों मरेगा यह...?''

स्त्री ने कुछ नहीं कहा।

''इन चीथड़ों को चूल्हे में डालो। इस बेचारे अबोध बच्चे को ऐसी घृणित गन्दगी में, नंगे बदन फर्श पर लिटाने का क्या मतलब है? बिस्तर खोलो!''

---

1. ईसाइयों का एक धार्मिक त्यौहार।

स्त्री ने अनिच्छापूर्वक बिस्तर खोला। उसमें न तो तकिया था, न रजाई ही। मात्र चीथड़े थे, पुराने-धुराने कपड़े और गड़रियों का एक झड़ा हुआ लबादा!

"क्या तुम्हारे पास बिछौना नहीं....?"

"ना।"

"ओफ! कितनी खराब बात है! पिरोश, तुम सीधे हवेली में जाओ और नौकरानी से कहो कि वह तुम्हें नन्हे इवान की पुरानी, छोटी रजाई और एक तकिया दे दे।"

लड़की जैसे ही निकली, वे बच्चे की माँ पर टूट पड़ीं, "अरी सुनती हो! इसी वक्त बच्चे को अपनी गोद में उठा लो और तब तक उसी तरह रखो, जब तक कि बिस्तर नहीं आ जाता। लेकिन यह कैसे हो सकता है कि तुम्हारे पास कोई बिस्तर न हो! ज़रा देखूँ तो!"

लेकिन वह स्त्री हिली तक नहीं। बस अपनी नफरत भरी आँखें नीचे झुकाए रोती रही।

"तो तुमने सुना नहीं कि मैंने क्या कहा?"

"ओ मालकिन! टाँग न अड़ाओ। नहीं तो बिचारा मेरा मुन्ना मर जाएगा।"

"क्या बकवास करती हो।"

उन्हें शक हुआ कि वह किसी अन्धविश्वास से टक्कर ले रही है और वे पूछताछ करने लगीं कि क्या बात है?

"तुम समझती क्यों नहीं, यह कितना गन्दा है, जिस पर बच्चा लेटा हुआ है!"

"यही कपड़ा तो इसे ठीक करेगा।"

"क्या...?"

"बुढ़िया ने कहा है कि इसे इसी तरह लिटाकर रखो।"

"किस चीज़ पर...?"

स्त्री ने बड़ी मुश्किल से बताया, ''इसे किसी पासी की सबसे गन्दी कमीज़ पर लिटाना चाहिए। बुढ़िया ने इस पर एक मन्तर पढ़ दिया है। साथ ही पानी में कोयले के टुकड़े भी को डाले हुए है। बड़ी मालकिन ने कुछ गड़बड़ की तो मन्तर टूट जाएगा और लड़का मर जाएगा।''

''अगर तुम बच्चे को इसी वक्त नहीं उठाओगी तो मैं मजिस्ट्रेट को फोन करूँगी। मैं तुम्हें सबक सिखाऊँगी। तुम अपने ख़ुद के बच्चे को मौत के मुँह में धकेल रही हो।''

जब तक पिरोश बिस्तर लेकर नहीं आ गई, वे इसी तरह डाँटती- फटकारती रहीं। लेकिन माँ तो बच्चे को हाथ भी नहीं लगाना चाहती थी।

अन्ततः बिछौना बिछाया गया और पिरोश ने बच्चे को ज़मीन से उठाया। बुखार से पीड़ित बच्चे को मुलायम तकिये पर आराम मिला और साफ़-साफ़ लगा कि उसकी आँखों से कृतज्ञता छलक रही थी। लेकिन माँ हाथ मरोड़ती हुई, रोने और बिलखने लगी, ''हाय! मेरे लाल का अन्त समय आ गया है!''

बड़ी मालकिन उन्हें वैसे ही छोड़कर हवेली चली गईं। वे अपने नन्हे बेटे को लेकर बेचैन थीं, मगर यह देखकर खुश हुईं कि बच्चा उमंग से भरा हुआ गर्म कमरे में प्रसन्न भाव से खेल रहा है।

चार घंटे बाद पिरोश आई और बोली, ''मालकिन, लड़का खतम हो गया है!''

ज़मींदार की पत्नी सन्न रह गईं।

वे बच्चे को देखने के लिए निकल पड़ीं, जहाँ वह लेटा हुआ था। नन्हीं-सी जान सफ़ेद तकिये पर निर्जीव पड़ी थी।

''देख रही हो, अभागिन, बच्चे का कहीं इस तरह इलाज किया जाता है! जाहिर है वह नहीं रहा। तुमने सीलन भरी ज़मीन में उसे गाड़ा

और जब उसे ठंड लग गई, तुमने उसे पासी के सबसे गन्दे लत्ते पर ठंडे फर्श के ऊपर लिटा दिया और विश्वास कर लिया कि इससे वह ठीक हो जाएगा! ओह, बेवकूफी की भी कोई हद होती है।''

पर, माँ ने उन्हें क्रोध और घृणा के साथ घूरा।

''यह आपके ही कारन हुआ मालिकन! मेरी आह आपको लगेगी। तीन रोज पहले बेटवा बिलकुल ठीक था। गिलहरी की नाईं फुदक रहा था और अब उसे जान से जाना पड़ा क्योंकि आपने मन्तर को तोड़ दिया है।''

''मैं दुबारा ऐसी पाप भरी बातें नहीं सुनना चाहती।'' वे आपे से बाहर होकर चीखीं, ''तुमने बच्चे को जानबूझकर मार डाला और तिस पर मुझे उसका जिम्मेदार ठहरा रही हो! तुम्हें शर्म आनी चाहिए।''

वे मजदूरों की उस छोटी-सी बस्ती से आँसू भरी आँखों के साथ निकल गईं और अपनी ज़िन्दगी में लौट आईं।

वसन्त की सुहानी धूप खिली हुई थी और हवा भी नहीं बह रही थी। समूची प्रकृति प्रसन्न और मस्त थी। मगर वह नन्हा-सा बच्चा तो एक नन्हीं-सी लाश में बदल गया था।

वह सीधे-सीध रईसों के तकिए पर लेटा था...जहाँ दो संस्कृतियाँ एक दूसरे को काटती हों, उस स्थल पर स्थित किसी दुःखद स्मारक की तरह।

अनुवाद : *अब्दुल बिस्मिल्लाह/मारिया नेज्यैशी*

बर्बर लोग

छोटी-सी कुतिया, पुली, उसने अपने कान खड़े कर लिए, सों-सों करने लगी और पल-भर बाद दी दाँत निकालकर भौंकना शुरू किया।

"कौन है रे?" गड़रिया बोला।

कुतिया और ज़्यादा भौंकने लगी।

"सहर वाले?" गड़रिये ने पूछा।

कुतिया पल-भर के लिए चुप हो गई।

"पुश्ता से?"

कुतिया भौंकने लगी।

"तब फिर का बात है?

गड़रिया भेड़ की खालवाला लबादा पहने अपने गधे की छाया में लम्बे-लम्बे लेटा रहा और आगे उसने कोई ध्यान नहीं दिया।

थोड़ी देर बाद ही दोनों बड़े कुत्तों ने भी देखा कि अजनबी लोग आ रहे हैं और वे भी घनघोर स्वर में भौंकने लगे। वे ऐसा भयानक, द्वेषपूर्ण शोर कर रहे थे मानो जीते जी उन लोगों की खाल उधेड़ देंगे।

लेकिन अब जाकर गड़रिये ने समझा कि साथी गड़रिये में से ही कोई आ रहा है, पुली ने ठीक ही समझाया था।

एक लम्बे अन्तराल के बाद गधों पर सवार दो गड़रिये दिखे, वे पुश्ता की सूखी धरती पर चले आ रहे थे। अपने गधों पर चढ़े वे धीरे-धीरे आ रहे थे। साथ में वे कुत्ते भी थे जो गधे के सामने मन्थर गति से चल रहे थे।

पुली अपने मालिक के पाँव के पास खड़ी हो गई। उसने पल-भर के लिए भी कर्कश आवाज़ में चीखना बन्द नहीं किया था।

बड़े कुत्तों ने जब किस्मत के साथी गड़रिये को पहचाना तो वे धीरे-धीरे शांत हो गए। शायद उन्होंने कुत्तों को भी पहचान लिया था। वे थोड़ी देर तक रुके रहे, फिर उन्होंने एक-दो आलाप निकाले, लेकिन वास्तव में वे अपने भौंकने के कर्तव्य का गम्भीरतापूर्वक निर्वाह नहीं कर रहे थे। केवल पुली थी, जो चुप नहीं हुई। वह इस तरह चीख रही थी मानो कसाई की छुरी लग गई हो।

जब दोनों मेहमान रेवड़ के किनारे पर पहुँचे, बड़े वाले कुत्ते आगन्तुक कुत्तों से भिड़ गए। वे सभी ज़मीन पर गुत्थमगुत्था होकर एक-दूसरे को काटने लगे। एक गड़रिया गधे पर से ही उन पर दहाड़ा। उसने अपनी लाठी भी उठा ली, कि किसी एक को खत्म कर दे। लेकिन इरादा छोड़ दिया। फिर वह गधे पर सवार धीरे-धीरे लबादे की तरफ बढ़ने लगा।

''ए हुर''

''हुर, हुर।''

गड़रिया कुहनी के बल उठा और उसने उन्हें आते हुए देखा। वह चीखा–

''बैठ जा, चुप।''

उस समय कुत्ते एक-दूसरे को थोड़ी आत्मीयता के साथ काट रहे

थे। एक मेहमान गधे से उतर चुका था और दूर से बत्तख की तरह कदम उठाता हुआ चला आ रहा था।

"भगवान भला करे।"

"तुम्हारा भी।"

वह मर्यादा के लिहाज़ से खड़ा हो गया, हालाँकि मेहमान आदर के योग्य नहीं था, क्योंकि वह अशुभ भाव रखता था। ज़्यादा दिन नहीं हुए, सराय में किसी ने उसे बताया था कि यही आदमी उसके रेवड़ के जानवरों को पुश्ता के डाकू कह रहा था। इसने ऐसी बात क्यों कही? लिखा-पढ़ी में जहाँ की मंजूरी हुई है, वहाँ अपने रेवड़ को चराने का उसे पूरा हक है।

खैर, आदमी अपनी भावनाओं और विचारों को तत्काल व्यक्त नहीं करता। उसने उन दोनों से हाथ मिलाया और बोला--

"तुम भी तो उतरो।"

इस पर दूसरा गड़रिया भी अपने गधे से उतर गया और उन्होंने दोनों जानवरों को चरने के लिए छोड़ दिया। पर वे जहाँ खड़े थे, वहीं खड़े रहे। एक इंच भी आगे नहीं बढ़े। घुड़मक्खियों के काटने की वजह से केवल उनकी खाल फड़फड़ा रही थी। वरना, यदि वे कुछ कर रहे थे तो सिर्फ़ अपने कान हिला रहे थे, निःशब्द।

दोनों गड़रियों ने गधों पर से अपने लबादे उतार लिए और उन्हें सूखी हुई धरती पर फैलाकर उन्हीं पर पसर गए। वे आमने-सामने बैठे थे और अपने ही आगे ताक रहे थे। चुपचाप।

तीनों ही आदमी स्थायी गड़रिये थे, जो पूरा साल अपने रेवड़ के साथ खुले में बिताते थे। वे कभी गाँव की ओर नहीं जाते थे। शादी-ब्याह के न्योतों, या फिर मेले को छोड़कर। वे पुश्ता की कठोर धरती के लोग थे। उनके चारों ओर केवल विस्तृत आकाश था और कुछ भी नहीं। जब आकाश में बादल मँडराते थे, वहाँ की धरती पर झींगुरों की

झन्नाहट के अलावा कुछ भी नहीं होता था। थोड़ी ही दूर पर जंगली नाशपाती का एक गाँठदार पेड़ गुमसुम खड़ा था।

बड़ावाला रेवड़ आगे, दूरी पर था और छोटा बच्चा उसके साथ था। गड़रिये का छोटा बच्चा, यही कोई बारह बरस का किशोर। बस एक बड़ी-सी टोपी और भेड़ की खाल का एक छोटा-सा लबादा—यही था पूरा लड़का। एक नन्हीं-सी जिज्ञासा। वह रेवड़ को वापस हाँकने लगा और झुटपुटा होने तक अपने पिता के पास पहुँच गया।

वे लोग अभी तक उसी तरह मौन थे। गड़रिया बिना एक लफ़्ज़ बोले कई-कई दिन बिता लेता है। वे जब एक साथ होते हैं, एक साथ चुप रहते हैं और यहाँ तक कि वे जब किसी से मिलने आए हैं तो भी अपना मुँह नहीं खोल रहे हैं।

"ठीक, ऊ मेहरिया।" आगन्तुक गड़रियों में से एक बोला।

वक्ता भारी कद का ललछौंहा-सा आदमी था। चकत्तेदार चेहरेवाला, ताकतवर और सख़्त। उसकी आँखें नीली थीं और मूँछें ललछौंही। बाल कैसे थे, यह दिख नहीं रहा था, क्योंकि उसकी टोपी भौंहों तक लटकी हुई थी।

दूसरा आगन्तुक भी कुछ बड़बड़ाया। वह छोटे कद का आदमी था। चपटी नाक और बरमी की तरह नुकीली आँखोंवाला। वह अपनी चिलम पी रहा था। उसने उन पर एक नजर डाली, लेकिन बोला कुछ नहीं।

"वो यहाँ थी।"

"कब?"

"हफ्ता-भर पहले।"

"अब कब आएगी?"

"कभी भी।"

"रसद है?"

"थोड़ा-सा।"

"पखवाड़े-भर को काफ़ी है?"

"दस रोज के वास्ते।"

"दस रोज।"

वे फिर चुप हो गए।

तभी लड़का वहाँ आ खड़ा हुआ। वह मात्र खड़ा था। अपनी गाँठदार कँटिया के सहारे झुका हुआ और बिना कुछ बोले आगन्तुकों को निहार रहा था। वह मानो जानना चाहता था कि वे लोग क्या चाहते हैं और यहाँ क्यों आए हैं, मगर पूछने की हिम्मत नहीं हो रही थी। वह चाहता भी नहीं था। अगर वे नहीं बोलते तो वह भी नहीं बोलता। उसे कोई जल्दी नहीं थी।

सूरज धीरे-धीरे कुम्हला रहा था। वह भी उन तीनों आदमियों को जिज्ञासा के साथ ताक रहा था। उसे भी यह पता नहीं था कि वे कौन हैं और क्या चाहते हैं? वह उदास भी था, क्योंकि उसे भी तो अपने रेवड़ को समेटकर बाड़ में पहुँचाना था। क्या तब तक यह मालूम हो जाएगा?

जी नहीं। क्योंकि तीनों जन मात्र वहाँ ठहरे हुए थे और अपनी चिलमें पी रहे थे। वे पाँव पर पाँव टिकाकर बैठे हुए थे।

मेज़बान गड़रिये ने सिर्फ़ एक बार चारों ओर निगाह दौड़ाई और तब भी ऐसा लगा कि अपने रेवड़ की ओर देख रहा है। मगर वास्तव में वह तो अपनी लाठी को देख रहा था कि हाथ में है या नहीं?

जब सूरज डूब गया, वह ख़ित्ता ज़िन्दगी से थोड़ा-सा भर उठा। उनके सिरों के ऊपर चिड़ियाँ फड़फड़ाने लगीं, झुंड में आई हुई नन्हीं-नन्हीं चिड़ियाँ। घास से या पता नहीं कहाँ से मच्छरों के बादल

छा गए थे और चिड़ियाँ उनका शिकार कर रही थीं।

"सुनो।"

"हूँ।"

"तुम्हारे पास बेल्ट है।"

"हाँ।"

"पारसाल हम देखे रहे। मेले में। पीतल जड़ा रहा उसमें।"

"हाँ, है।"

"तुमको इसे बेच देना चाहिए।"

"बेचें?"

"हाँ।"

"बेचै के वास्ते नहीं है ई।"

"नहीं?"

"नहीं।"

"काहे?"

"काहे से, कि नहीं। ई हम अपने वास्ते बनाए हैं।"

"अपने वास्ते?"

"हाँ, अपने वास्ते अउर बचवा के वास्ते।"

"अउर अपने बचवा के वास्ते?"

"ठीक समझे।"

"तुम दोनों के वास्ते?"

"हाँ।"

बस। वे वहाँ बैठे रहे।

फिर अँधेरा घिर आया। अन्धकार इस तरह अचानक आया मानो किसी ने फूँक मारकर दीया बुझा दिया हो।

"तो तुम इसे ना बेचोगे?"

"हम पहले ही कह दिये हैं।"

इस पर बड़े गड़रिये ने लाठी पकड़कर उसे धीरे से अपने पास खींचा, मानो खड़ा होने जा रहा हो। मेज़बान गड़रिया हिला तक नहीं। वह पहरा देनेवाले कुत्ते की तरह इन्तज़ार करता हुआ लेटा रहा, लेकिन वह तैयार था।

"ये तुम्हारा आखिरी शब्द है?"

इस पर मेज़बान गड़रिया उछल पड़ा और दोनों आगन्तुक गड़रिये उस पर टूट पड़े। यकायक लाठियाँ बजने लगीं। पहले दो लाठियाँ एक लाठी पर पड़ीं फिर एक लाठी मेज़बान गड़रिये के सिर पर।

वह लड़खड़ा गया।

"तुम लोग इसी वास्ते आए थे?"

बस इतना ही वह बोल सका। दोनों जंगली आदमी उस पर झपटे और क्षण-भर में उन्होंने उसे पीटकर मार डाला। गड़रिया ज़मीन पर पड़ा था। फिर भी उन दोनों ने उस पर एक-एक वार और किया।

छोटा बच्चा उनकी बगल में खड़ा-खड़ा देखता रहा। घटना इस क़दर अचानक घटी कि उसे हिलने तक को समय नहीं मिला।

"अपने बाप का बेल्ट खोलो।" ललमुँहे आदमी ने उससे कहा।

बच्चा बस खड़ा रहा।

"खोलो, अब्भी।"

बच्चा मुर्दे की तरह पीला पड़ गया था। उसकी नज़रें उस आदमी पर टिकी हुई थीं जब वह अपने पिता के पास गया और उसकी कमर से बेल्ट खोलने लगा।

"लाओ।"

बच्चे ने बेल्ट निकाला और देखने लगा कि किसे दे। वह बस देखता रहा और उसने ध्यान नहीं दिया कि हवा में एक लाठी लहराई

और उसके सिर पर पड़ी। प्रहार इतना तगड़ा था कि वह तत्काल ज़मीन पर गिर पड़ा और दम तोड़ दिया।

चारों कुत्ते, जो लगता है नहीं समझ पा रहे थे कि क्या हो रहा है, अचानक सब कुछ समझ गए। दोनों बड़े कुत्ते दूसरे बड़े कुत्तों पर टूट पड़े। उन्होंने उनकी गर्दन पकड़ ली और वे लुढ़कने लगे, खून में लथपथ गुर्राते हुए।

पुली ललमुँहे गड़रिये पर झपटी और उसे पाँव में काट खाया। वह गड़रिया कुत्ते को अपनी लाठी से तब तक मारता और लतियाता रहा, जब तक कि वह खतम नहीं हो गया।

चारों बड़े कुत्तों को अँधेरे में देख पाना असम्भव था। वे एक-दूसरे से निपट चुके थे।

दोनों गड़रिये अपनी लाठियाँ टेके खड़े थे। वे इन्तज़ार करे रहे थे कि कुत्ते अपना काम खत्म करें और जब वे खून में लथपथ, अपने-अपने घावों को चाटते हुए लौटे, ललमुँहा गड़रिया बोला–

"गड्ढा खोद।"

दोनों कुत्तों ने गड्ढा खोदना शुरू किया, मगर काम धीमे चल रहा था।

तब उन्होंने गधों की पीठ पर से छोटी मूठवाली कुदालें उतारीं और मदद में जुट गए।

जब गड्ढा तैयार हो गया, छोटेवाले गड़रिये ने बच्चे को उठाया और गड्ढे में उसे डाल दिया। लेकिन आदमी बहुत भारी था।

"ऊ रही बेल्ट।"

एक ने उसी से उसकी गर्दन कसी और घसीटकर गड्ढे में झोंक दिया। उसी समय चाँद उगा। मेज़बान गड़रिया, उसका बेटा और तीनों कुत्ते ज़मीन में गड़े थे। उन्होंने कब्र के ऊपर उपले जला दिए और सींकों पर सूअर की चर्बी भूनने लगे।

उन्होंने खूब मजे से खाना खाया।

"हूँ। यह तो हो गया।" ललमुँहे गड़रिये ने कहा, "अब चलें।"

वह रेवड़ को हाँकने लगा। तीन सौ भेड़ें पुश्ता पर रेंगने लगीं, मगर बेमन से। क्योंकि वे वहाँ रात बिताना चाहती थीं। वे समझ नहीं पा रही थीं कि उस विस्तृत पुश्ता से भूखी-प्यासी क्यों ले जाई जा रही थीं। मगर चूँकि जाना था, इसलिए जा रही थीं। चारों गधे और दोनों ज़ख्मी बड़े कुत्ते उनके पीछे धीरे-धीरे चल रहे थे। दोनों गड़रिये उन सबके पीछे आराम से चले जा रहे थे।

2

दस दिन बाद लम्बे कद की काले बालोंवाली एक औरत पुश्ता के विस्तार पर लम्बे-लम्बे डग भरती हुई आई।

उसने सफ़ेद लिनेन के कपड़े पहन रक्खे थे और उसके पाँव में बड़े-बड़े तल्ले थे, जो सुतली से खूब कसकर बाँधे गए थे। उसके सिर पर लिनेन का ही एक रूमाल बँधा हुआ था। अपनी पीठ पर एक गट्ठर लादे वह फुरती के साथ चल रही थी, हालाँकि इसी तरह चलते हुए वह उसका तीसरा दिन था। गाँव का रास्ता बहुत लम्बा था। अपना रेवड़ चराने के लिए पति के पास चरागाह होना मुश्किल ही था।

दूर खड़े जंगली नाशपाती के टेढ़े-मेढ़े पेड़ को देखते ही वह खुश हो उठी। क्योंकि यही वह क्षेत्र था, जहाँ कि उसका पति प्रायः अपनी भेड़ों को चराया करता था।

मगर उस वक्त उसे कहीं भी अपना आदमी नजर नहीं आ रहा था।

दिन-भर के सफर में न तो कोई गाँव पड़ा था और न ही कोई

खेत। न चिरई, न चिरई का पूत। सिर्फ़ दूर-दूर तक फैला पुश्ता। अगर कोई जगह पर न हो तो भला कौन उसे ढूँढ़ पाएगा? हालाँकि उसने वह पुरानी राख ढूँढ़ निकाली थी। वह वहाँ पर कुछ देर तक बैठी रही।

जहाँ तक उसे याद आया, उसने पूरा दिन चलते-चलते ही बिता दिया था। मगर उसे गल्ले तक के निशान नहीं मिल सके थे। वहाँ कोई नई पगडंडी या भेड़ों की ताजी मेंगनियाँ भी नहीं मिलीं। हाँ, हफ्तों पहले की कुछ सूखी मेंगनियाँ ज़रूर दिखी थीं। आँधी-पानी भी तो आया था, इसलिए सब कुछ पहले ही धुल-पुँछ चुका था।

वह निस्सीम, भयावह आकाश-तले लेटी-लेटी सो गई और उसकी समझ में नहीं आया कि आखिर उसका मरद गया कहाँ? थोड़ी-सी झपकी लेने के बाद वह उठी और पूरब की ओर बढ़ गई, कि कुछ अन्य गड़रिये मिल जाएँ, जो शायद उसके बारे में कुछ बता सकें।

वह उस जगह पर पहुँची, जहाँ उसे खुशनुमा धुआँ दिखाई पड़ा।

वह उसका मरद नहीं था। वह उसे आग से ही पहचान सकती है। उसका आदमी बेचारा, आग जलाने में उसकी कभी कोई रुचि नहीं थी, जब तक कि बहुत ज़रूरी न हो। वह सूखी चीज़ें और ठंडा खाना पसन्द करता था। उसने कभी नाश्ते के लिए आग नहीं सुलगाई। वह अपनी रोटी, सूअर की चर्बी और प्याज को उसी तरह खा लेता था। वह सिर्फ़ दोपहर में या फिर शाम को आग जलाता था, कि कुछ गरम खाना तैयार कर दे। वह भी सिर्फ़ बच्चे की खातिर।

''भलो हो, भइया।'' कहती हुई वह आग तक पहुँची।

वहाँ लम्बे कद का ललमुँहा गड़रिया था और साथ में तीन नौसिखिए लड़के। ''तुम लोगन का देखे हो कि हमार आदमी आपन रेवड़ के साथ कउनी तरफ गया है? पच्छुम की तरफ जानेवाला वही एक तो है।''

"तीन सौ भेड़न के साथ!"

"हूँ, तीन सै। उसके संग। बोदरी, हमारे मरद का यही नाम है।"

"आओ, बैठो बहिन।"

औरत बस खड़ी रही। उसने कोई जल्दी नहीं दिखाई। फिर थोड़ी देर के लिए वह उकड़ूँ बैठ गई। अपनी गठरी को पीठ पर लिए ही। बिलकुल एक गड़रिये की तरह, आराम के साथ।

"हूँ, हमें नहीं पता कि तुम्हारा आदमी कहाँ है। पच्छिम की तरफ गया था।"

"काहे, वो आखिर गया कहाँ?"

"उसने बताया नहीं कि कहाँ जा रहा है। वो डेन्यूब (नदी) पार चला गया।"

"डेन्यूब-पार?"

"बारा-तेरा रोज हुए, जब वो इधर आया था। बोलता था कि कुछ टेम के वास्ते उसे इस जगह से दूर जाना है, क्योंकि तलबी को लेकर वह परेशान था।"

"वो"

"हूँ, वो।"

"तलबी को लेकर?"

"कानूनी बात से।"

"ऊ कभी कुछ नहीं बोला। अभी दो हफ्ता पहले मैं यहाँ थी, उसके साथ। इस बारे में ऊ कुछ नहीं बोला।"

"वह चुप्पा किसिम का आदमी था।"

"ये तो बोला।"

ललमुँहे गड़रिये ने उसे चमचा थमा दिया, जिससे वह पतीले में कुछ चला रहा था।

"कुछ खा लो।"

"हम खा चुकी हैं।"

"खाओ भी, समझो अपने ही घर खा रही हो। सचमुच मैं मन से दे रहा हूँ।"

मगर औरत ने सिर हिलाकर मना कर दिया। चमचे को बर्तन में डालना तो दूर, उसने उसे हाथ भी नहीं लगाया। हालाँकि बर्तन में रखा हुआ मक्के के दानों के साथ पका गोश्त बहुत स्वादिष्ट था। इन गड़रियों की सुबह भी कितनी शानदार होती है।

उसने गल्ले पर नजर दौड़ाई। उनमें लम्बे-लम्बे बालोंवाले हंगेरियन दुम्बे थे और सामान्य भेड़ें भी। वह उन्हें अपलक देखती रही। मानो वह अपनी भेड़ देख रही हो। अगर उसका आदमी कहीं चला गया है तो वह कभी भी कोई दुम्बा या भेड़ नहीं पा सकती।

"हूँ, था।" औरत बोली, "ऊ उसे अच्छा लगता था और हरमेसा अपनी कमर में बाँधे रहता था।"

"हम बोले, कि हमें दे दो, मुलाँ नहीं दिया।"

"ना, वो इस दुनिया में उसे कोई को ना देता।"

"हम हर तरह की कसम खाए, मुलाँ वह टस से मस नहीं हुआ।"

"ओ, मेरे प्रीतम, मेरे धनी।" वह बुड़बुड़ाई और अपनी उँगलियों को आपस में फँसाने लगी।

"बस तभी वो बोला कि उसे जाना है।"

"मेरा भी जिकर किया?"

"ना, बल्कि हम पूछे भी, मुलाँ वो बोला ही नहीं।"

"कुच्छो नहीं?"

"सिरिफ इतना–'वो यहाँ थी।' हम पूछे, कब? 'हफ्ता भर पहले।' वो बस यही बोला।"

“हफ्ता भर पहले। वो ये बोला?”

“हाँ।”

“मतलब सिरिफ हफ्ता भर पहले वह इस इलाके में रहा।”

“सिरिफ हफ्ता भर पहले ही न?”

औरत ने वहाँ खड़े लौंडों पर नजर डाली, मगर वे तो एकदम अनभिज्ञ थे।

“इनने उसे देखा ही नहीं, क्योंकि ये तब यहाँ पहुँचे ही नहीं थे।”

“कहाँ थे ये?”

“यहाँ-वहाँ।”

“नए हैं!”

“नए हों या न हों, हमारे साथ नहीं थे।”

“मुलाँ, खैर...वो क्यों आया था।”

“वैसेई आया था। अपने रेवड़ के साथ इस तरफ आया। भटकता हुआ। कोई-न-कोई बात ज़रूर रही, क्योंकि वह एकदम चुप था।”

“तब तो वही था।” औरत बोली।

वह रूखी-सूखी आँखों से अपने सामने देखती रही। मगर उसका दिल परेशान होता जा रहा था।

“उनने कोई निसान नहीं छोड़ा?”

“निसान! काहे वास्ते? वो ऐसा आदमी था ही नहीं।”

“तब तो... ।”

वह खड़ी हो गई।

“लड़का नहीं था क्या साथ में?”

“लड़का? हम एक दफा देखा, रेवड़ के साथ में दो जने थे। वो और एक लौंडा।”

"हूँ।"

"और दो बड़े कुत्ते भी थे। और एक पुली।"

"बिल्कुल ठीक।"

"हूँ। इन्तज़ार करो। सायद पतझड़ के मौसम तक वह लौट आए।"

"हम उसे खोजने जा रही हैं।"

"ठीक है। जाओ। मुलाँ यहाँ भी रुक सकती हो। हम आदमी हैं। तुम यहाँ दिन-भर रुक सकती हो।"

"डेन्यूब-पार। उनने क्या यही बोला था?"

"हूँ, डेन्यूब-पार।"

"तो मैं जाऊँगी डेन्यूब-पार।"

"बस, जिस तरफ सूरज डूबता है।"

"मैं रारता पूछ लूँगी।"

यह कहती हुई औरत खड़ी हो गई। पीठ पर रखी गठरी को एक झटका दिया और सिर झुकाकर चल पड़ी।

गड़रिये उसे देर तक देखते रहे। वे खा रहे थे, पी रहे थे दारू, लकड़ी की सुराही से। फिर वे उठे और रेवड़ की देखभाल में लग गए।

उधर वह औरत बस चली जा रही थी, चली जा रही थी—सीधे चली जा रही थी। वह उस बड़े पुश्ता में गुम हो गई थी। सूरज आकाश पर ऊँचे, खूब-खूब ऊँचे चढ़ता चला जा रहा था। पुश्ता पर धीरे-धीरे चलती हुई, सफ़ेद लिनेन के कपड़ों में लिपटी काले बालोंवाली उस स्त्री को ताके जा रहा था और वह थी कि बस चलती जा रही थी, चलती जा रही थी, तब तक चलती गई जब तक कि पुश्ता ने उसे निगल नहीं लिया। वह लगातार चलती रही, चलती रही, जब तक कि डेन्यूब के किनारे पहुँच नहीं गई। उसने उसे पार भी कर लिया। उसे एक मल्लाह मिल गया था

जिसने उसे पार पहुँचा दिया था। फिर वह आगे बढ़ गई थी। बस, वह चली जा रही थी, उस तरफ जहाँ के बारे में उसने सुन रखा था कि गड़रिये वहाँ अपना रेवड़ चराते हैं।

वह चलती रही, गर्मियों-भर। वह चलती रही बर्फ़बारी शुरू होने तक। उसने चप्पा-चप्पा छान मारा। रेवड़-रेवड़ देख डाला। एक-एक गड़रिये के पास बैठकर उसने फलाँ-फलाँ तरह के एक तगड़े, नाटे, चुप्पा किस्म के आदमी और तीन सौ भेड़ों के बारे में पूछा।

वह अपने गाँव, अपने घर, हेमन्त के मौसम में लौटी। उसने उस चाभी से घर के किवाड़ खोले, जिसे उसने ओलती में छिपा रखा था। उसने सर्दियाँ बिताईं। अब तक सूअर के बच्चे बड़े हो गए थे। उसकी मुर्गियों और चूजों की तादाद बढ़ गई थी क्योंकि उसकी गैर-मौजूदगी में पड़ोसियों ने उनकी देखभाल की थी।

वसन्त के खिलते ही उससे वहाँ नहीं रुका गया। पुली ने एक पिल्ला जना था और काले रंग का वह नन्हा कुत्ता भी उसी की तरह बहुत होशियार था। वह बोली–

"आ पुली, तुम्हारे मालिक की खोज में चलें।"

वह एक बार फिर पुश्ता गई। अपनी पीठ पर जितना वह लाद सकती थी, लादकर पैदल ही चल पड़ी। उस तरफ, जहाँ वह गए साल अपने आदमी से मिली थी।

इस बार भी वह नाशपाती के विशालकाय वृक्ष को पा गई। उसने वहाँ डेरा डाल दिया। मानो पूरी गर्मियाँ बिताने का इरादा हो।

और वह वहाँ पर दो-तीन हफ्ते रुकी रही। गिनती तो की नहीं, वह बस कुत्ते की हिफाजत करती रही। जब उसकी रसद खत्म हो गई, वह घर लौट गई और खाने-पीने की चीज़ें लादकर फिर निकल पड़ी। लम्बे-चौड़े पुश्ता की ओर, जहाँ अब एक दूसरा गड़रिया अपना रेवड़

चरा रहा था।

दिन गुजरते रहे। गर्मियाँ भी गईं, बरसात भी। मगर वह उस जगह से नहीं हिल पाई। वह बस उस लम्बे-चौड़े बंजर में चारों ओर भटकती रही।

अचानक, अगस्त के महीने में, पुली ने एक चीज़ ढूँढ़ निकाली। वह एक टोपी ले आई।

"यह तो उन्हीं की है।" औरत बोली, "ई तुम कहाँ पाई पुली?"

कुत्ता उसे उस जगह तक ले गया।

कुत्ता गुस्से से चीखता हुआ, भौंकता और गुर्राता हुआ भुरभुरी रेत को खरोंचने लगा।

फिर उसने एक 'हाथ' निकाला।

स्त्री दसों नह चलकर रेत के उस हिस्से तक गई और कुछ देर बाद ही उसका पति सामने पड़ा था। सड़ा हुआ और वीभत्स। गर्दन में पीतल-जड़ा बेल्ट।

वह अपने बेटे को भी पा गई। बच्चा बड़ी-सी टोपी लगाए पेट के बल लेटा था। उसने टोपी हटाई, बच्चे की नन्हीं-सी खोपड़ी पर बड़ी-सी दरार थी। माँ उसे खुश्क आँखों से देखती रही। बस, एक वार, और सब कुछ खत्म। देर तक छटपटाया नहीं।

दिन-भर वह कब्र के पास बैठी रही। शाम को उसने बालू से वह जगह बराबर कर दी। फिर उसने उसके ऊपर एक टेकरी-सी बनाई और उसमें क्रास की आकृति में दो सूखे झंखाड़ खोंस दिए। फिर वह पूरब की ओर निकल गई।

सुबह उसे भेड़ों का एक रेवड़ मिला।

"वो ललमुँहा गड़रिया कहाँ है?" उसने पूछा, "वही, जो पारसाल यहाँ अपना रेवड़ चरा रहा था।"

"सोगैदे सहर में।" उन अजनबी गड़रियों ने जवाब दिया।

"अच्छा! वहाँ।"

"उसके कुकर्मों का पता लगा लिया है पुलिसवालों ने और अब उसे पूछताछ के लिए ले गए हैं।"

औरत रुकी नहीं, वह सोगैदे की ओर चल पड़ी।

वह वहाँ तीसरे दिन पहुँची। वह पुलिस कमिश्नर के पास गई और सब कुछ कह सुनाया।

पुलिसवाले चल पड़े। घोड़े पर। स्त्री को भी लेकर–घोड़ा-गाड़ी से। उन्होंने कब्र को खोदा और जो कुछ देखा, दर्ज कर लिया। गड़रिये की लाश से उन्होंने बेल्ट निकाल लिया और सोगैदे लौट गए।

3

दरोग़ा पूछताछ में लगा था।

एक कैदी के बाद दूसरा। शब्द से शब्द जुड़ रहा था। धीरे-धीरे ललमुँहे गड़रिये पर चोरी और हत्याओं की भरमार साबित हो गई। फाँसी तो तभी पक्की हो गई थी, जब दरोग़ा ने पूछा था–

"और उस गड़रिये का, बोदरी का क्या हुआ?"

ललमुँहे आदमी ने एक बरौनी तक नहीं हिलाई।

"गड़रिया, बोदरी?"

"हाँ, उसे लोग यही कहते थे, जब वह ज़िन्दा था।"

"जब वो ज़िन्दा था?"

"जब वह ज़िन्दा था। बोदरी नाम था उस गड़रिये का। हाँ, क्या हुआ उसका?"

"हम उसे नहीं जानते साब।"

"चोबोर पुश्ता में ठीक तुम्हारे पास वह अपने छोटे बेटे के साथ रेवड़ चराता था।"

"ये हो सकता है।"

"हूँ, तुम उसे जानते हो?"

"सायद, अगर वो वही है तो, जो डेन्यूब के पार चला गया था।"

"तुम्हें जानना चाहिए कि वह कहाँ गया था। क्या डेन्यूब के पार ही, या फिर कहीं और?"

"जी, जाने के पहले वो हमारे पास आया। वो बोला कोई कानूनी दिक्कत है और कुछ दिनों के वास्ते जिधर सूरज डूबता है, उस तरफ जाएगा।"

"जिधर सूरज डूबता है, उधर? या फिर सूर्यास्त की ओर?"

"हमारे जान सूर्यास्त की तरफ।"

"मैं भी यही समझता हूँ। वह तुम्हीं थे, जिसने उसे अस्त कर दिया।"

"हम साब!"

"साथ में उसके बेटे को भी।"

"कब्भी नहीं साब।"

"देखो गड़रिये, तुम्हारी सच्चाई खुल चुकी है। एक ही बात तुम्हें और कबूलनी है। बोदरी ने तुम्हारा क्या बिगाड़ा था?"

"कुछ नहीं साब।"

"उसने कुछ नहीं किया?"

"वो हमारे रास्ते पे तिनका तक नहीं फेंका।"

"तब तुमने 'चूर' की सराय में यह क्यों कहा था कि बोदरी अपना रेवड़ वहाँ चराता है जहाँ उसे नहीं चराना चाहिए।"

ललमुँहे गड़रिये ने अपनी भौंहें फड़काईं।

"हम ये कब्भी नहीं बोले।"

"किसी ने सुना था।"

"कब्भी कउनो नहीं सुना।"

"तुम अच्छी तरह जानते हो कि किसी ने सुना था। फिर किससे कहा?

"अगर हम बोले भी होंगे तो ई वजह नहीं रही।"

"फिर किसलिए?"

"वह बात उसको ले के नहीं थी, जो हम बोले। गड़रिया तो जहाँ तक की लिखा-पढ़ी हुई है, वहाँ भेड़ों को चरा सकता है।

"उसके पास तीन सौ भेड़ें थीं। वह और वे सब क्या हुए? वे यूँ ही तो धरती पर से गायब नहीं हो जाएँगे। क्यों?"

"जी।"

"खैर, वह मान लो गायब हो गया, मगर भेड़ों को तो कहीं होना चाहिए। वे दुम्बा थे या भेड़?"

"वो सब अगर कुछ रहे तो भेड़।"

"वे थे, वे थे। क्या वे उसके थे, या फिर किसी ज़मींदार के?"

"ये तो वही बता सकता है, साब।"

"उसने तुमसे क्या कहा?"

"हम उससे कभी नहीं बोले।"

"फिर तुमने जाना कैसे?"

"लोग बोले। हम उन्हें देखे। वो अपना रेवड़ हमारे बगल में ही चराता था। वो बहुत बोलनेवाला आदमी नहीं था। चुप्पा किसिम का था।"

"वह चुप था?"

"जी...चुप।"

"वह उस वक्त भी चुप था?"

"कब?"

"जब तुमने अपनी लाठी से उसे पीट-पीटकर मार डाला। उसे और उसके लड़के को भी।"

"क्या उसको एक लड़का भी रहा?"

"उसका एक बेटा था। तुमने सिर्फ़ एक वार किया, उसके सिर पर। और बस खत्म।"

"दया करके ऐसी बातें न बोलो हमारे को। हम उससे कभी नहीं बोले। न उससे, न उसके लड़के से।"

"अगर तुम नहीं बोले तो तुम बोल भी नहीं सकते थे। वह तो चुप रहनेवाला आदमी था।"

"हुज़ूर, हमसे क्या चाहते हो?"

"अपने मन को हलका करो। एक ज़्यादा हो गया तो क्या और कम हो गया तो क्या?"

"जब हमारा वास्ता ही नहीं, हम नहीं कबूल सकते।"

"ज़रा सोचकर तो देखो।"

"सोचने को कुछ है ही नहीं।"

"क्या अपने साथ तुम कुदाल भी ले गए थे?"

"कुदाल?"

"गधे पर लाद कर?"

"गदहा?"

"क्योंकि यह बढ़िया तरीका था काम करने का।"

"हम नहीं किए साब।"

"क्या तुम भेड़ों को दूर हँका ले गए थे?"

"हमारे पास ख़ुद की भेड़ें रहीं हुज़ूर, हमें और किसी से कउनो लेना-देना नहीं रहा।"

“और वे बढ़िया भेड़ें थीं। तीन सौ। गड़रिया बोदरी एक बढ़िया आदमी था।”

“हो सकता है। हम ई बारे में नहीं जानते।”

“क्या वे भेड़ें अब भी तुम्हारे रेवड़ के साथ हैं या तुमने उन्हें बेच दिया?”

“दया करके ऐसी बातें हमें न बोलो साब।”

“सुनो! तुम कोई अबोध बच्चा नहीं हो। एक आदमी, जो अपने सारे जुर्म कबूल कर चुका हो, उसे तीन सौ भेड़ों को लेकर धोखाधड़ी करने की कोई ज़रूरत नहीं है। वे तुम्हारे किस काम के हैं, अब जब कि तुम निष्कलंक होकर ईश्वर के पास जा सकते हो, तब क्यों बोदरी गड़रिया तुम्हारी अन्तरात्मा पर दाग बना रहे?”

“हम क्या कर सकते साब?”

“मैं तुम्हारे चेहरे पर थूक दूँगा, पिनपिनाता हुआ बच्चा समझकर। तुम वहाँ गए थे। सूरज डूबने के बाद तुमने उनके सिर पर वार किया, कुत्तों को भी मार डाला और उन्हें बालू में दफन कर दिया।”

ललमुँहा गड़रिया जिद पर अड़ गया। उसकी आँखें धधक उठीं और दरोग़ा को वह एकटक देखने लगा।

“मेरा कोई वास्ता नहीं, साब।”

“चला जा, पाजी। मैं तेरी शक्ल भी नहीं देखना चाहता।”

गड़रिया लड़खड़ाया।

“दूर हो जाओ मेरी निगाहों से। तुम गड़रिया हो? तुम बदमाश हो, कमीने हो। समझ लो, तुम्हें फाँसी के तख्ते पर भी शान्ति नसीब न होगी।”

“जो हमारा मामला नहीं, उसको हम अपने ऊपर नहीं लाद सकते।”

"भाग।"

गड़रिया मुड़ा और लम्बे-लम्बे, सधे हुए कदमों से दरवाज़े की ओर बढ़ा। दरवाज़े पर पहुँचकर वह अपना हाथ साँकल पर रखने ही जा रहा था कि लड़खड़ा गया।

साँकल को छू पाने में वह असमर्थ रहा। हिल तक नहीं सका। वह मात्र आँखें फाड़े देख रहा था, एकटक और फिर मुँह से फेचकुर फेंकने लगा।

साँकल में पीतल-जड़ा बेल्ट लटक रहा था।

गड़रिये ने धीरे-धीरे अपने सिर तक हाथ उठाया और पीछे मुड़ा।

"हुजूर...हम कबूल करते हैं।"

दरोग़ा ने एक शब्द भी नहीं कहा, बस उस आदमी को जलती हुई निगाहों से देखता रहा। उसकी आँखों से चिनगारियाँ निकल रही थीं।

"हमीं थे, हमीं ने बोदरी गड़रिये को मार डाला। उसकी तीन सौ भेड़ों के वास्ते और उसके दो गधों के वास्ते।"

उसने अपना सिर झुका लिया।

दरोग़ा ने उसे देखा, फिर घंटी बजाई।

दो सिपाही अन्दर आए।

"इसे ले जाओ और पच्चीस बेंत लगाओ।"

गड़रिया सिर झुकाए किसी टूटे हुए आदमी की तरह दरवाज़े से बाहर निकल गया।

"सुक्रिया, साब।"

दरोग़ा उसे देखता रहा और सोचता रहा।

"बर्बर लोग।"

अनुवाद : *अब्दुल बिस्मिल्लाह/मारिया नेज्यैशी*

यूडिथ और ऐस्तैर

हम लोग निर्धन थे। भिखारियों से भी बढ़कर ग़रीब! ख़ानदानी लोगों का ग़रीब हो जाना! इससे बढ़कर बोझ है कोई?

एक छोटे से गाँव में जाकर समेट लिया था अपने आप को, जहाँ एक ज़र्रा भी ज़मीन का हमारा न था और जहाँ भीनी सुगन्ध देनेवाले पेड़ भी दुख का ही आभास दिलाते थे। सिर्फ़ हमारी यादों में बसे थे हमारे पेड़-पौधे, मवेशी, अस्तबल और बड़े-बड़े खम्भोंवाला हमारा महल जैसा घर, 'तीसा' नदी के किनारे।

जगत के एक दूर कोने में जाकर बस गए थे अपनी ग़रीबी को छुपाने के ख़याल से। फिर भी ऐसी जगह आ पहुँचे, जहाँ रिश्तेदार निकल आए। पिताजी ने सोचा, रिश्तेदार होना तो अच्छा ही है, ज़रूरत पड़ने पर कभी काम आ सकते हैं। लोग भी अच्छे हैं।

परन्तु श्राप था रिश्तेदारों का होना।

ये सम्बन्धी गाँव की सीमा पर रहते थे। सबसे बड़े मकान में, जो काफ़ी फैला हुआ था और अपनी सँकरी खिड़कियों से बाहर की दुनिया को देखता था। हमारे विशालकाय पुराने महल के मुक़ाबले में कहाँ था यह मकान! पर कैसी कड़वी, दिल को दुखानेवाली ईर्ष्या जगाता था हमारे मन में।

विन्सै चाचा दोहरी ठोड़ी, सख़्त हाथों और बड़ी घनी भौंहोंवाले हमारे रिश्तेदार थे और हमें नौकरों की तरह रखने की व्यर्थ कोशिश कर चुके थे। नाराज़ थे कि पिताजी ने उनके साथ किसी भी तरह के ग़ैरकानूनी काम करने से इनकार कर दिया था। जलते भी थे, क्योंकि उनके दादा के समय से ही उनका सम्बन्ध हमारे पुराने नवाबी ख़ानदान से अलग हो गया था, जबकि हमारे ख़ानदानी हिस्से में नवाबियत देर तक चलती रही थी। यह बात और है कि अब हम एक पकी नाशपाती की तरह ज़मीन पर गिर पड़े थे और धूल में मिल गए थे।

और अब औरतों के बारे में बताता हूँ। मेरी माँ का नाम यूडिथ था। 'शिमोनकौय यूडिथ'। उनकी नानी बड़े ज़मींदार घराने की लड़की थीं, जिसका सम्बन्ध संसार के चन्द मशहूर ख़ानदानों तक जाकर जुड़ता था। और विन्सै चाचा (जो एक तरह से माली ही थे) की पत्नी 'चितकै ऐस्तैर' थीं, जिनके पिता 'औलफल्द' (हंगरी का वह भाग जहाँ के घोड़े मशहूर हैं) में किसी साईस के यहाँ मुनीम का काम करते थे और ऐसा कहा जाता था कि वह काम कम, दोनों हाथों से उसे लूटते ज़्यादा थे।

दोनों औरतें ऐसी थीं मानो तेज़ छुरियाँ। मेरी माँ कभी शिकायत नहीं करती थीं। एकदम जड़-सी हो गई थीं और बिना आह भरे अपनी ज़िन्दगी का बोझ ढो रही थीं। लेकिन गाँव में इसकी चर्चा थी कि माँ के लकीरोंवाले मख़मली बक्से के अन्दर पुराने छोटे-छोटे फूलों की कढ़ाईवाले स्कर्ट, क़ीमती सिल्क और इसी तरह की पुरानी बेशक़ीमती चीज़ें अब भी उनके बीते हुए अच्छे दिनों की याद बनाए रखने के लिए रखी हैं। शायद इसमें कुछ सच भी होगा, पर थोड़ा-सा। मेरे पिता घर आते थे; कभी गालियाँ बकते हुए, कभी हँसते हुए, कभी उम्मीद लगाए हुए—हर व्यक्ति पर भरोसा कर लेते

थे और हर एक से धोखा खाते थे। कई बार माँ और पिताजी में काफ़ी झगड़ा होता था।

माँ ने अपने आपको अपने में ही समेट लिया था, इसीलिए शायद मैं एक शर्मीला डरपोक बालक बन गया था, जिसे माँ और संसार के बीच बिचौलिया बनना पड़ा था। लोगों से डरता था, किसी के सामने आते यूँ बाहर निकलता था जैसे कोई घोंघा, जो ज़रा-सी हरकत होते ही वापिस अपने ख़ोल में सिमट आने को तैयार हो। फिर भी मुझे बाहर जाना ही पड़ता था, लोगों के बीच। मैं अपने परिवार का प्रतिनिधि जो था गाँव के सामने। मेरे पिता तो अधिकतर घर पर होते नहीं थे। और माँ! वो तो घर के आँगन तक में पैर नहीं रखती थीं जब तक बिल्कुल ही ज़रूरी नहीं हो जाता था। केवल मैं ही घर से बाहर निकलता था–स्कूल के लिए, दुकान की ओर और दूध के लिए...

दूध! हमारी छोटी-सी ज़िन्दगी की सबसे बड़ी कमी। और कई मुसीबतों के बीच जिन पर हमें उलझन होती थी, यह मेरे लिए सबसे अधिक दुख का कारण था। मुझे दूध बहुत पसन्द था और हमारे पास गाय नहीं थी। गाँव में दूध मिलता नहीं था। कभी-कभी पैसे से भी नहीं, क्योंकि दूध तो बड़े बाज़ारों में, शहरों में बेचनेवाली चीज़ थी। और पूरे गाँववालों के बीच लाइन में खड़ा होकर दूध ख़रीदने का विचार यूँ भी मुझे दहलाने के लिए काफ़ी था। हाँ, अगर माँ अधिक बोलनेवाली होतीं और पड़ोस की औरतों की चटपटी, बेबुनियाद बातों को सुन सकतीं तो दूध के लिए मुझे नहीं जाना पड़ता। दूधवालियाँ घर पर ही पहुँचा जातीं। पर ऐसा सम्भव नहीं था। और इसके लिए मुझे अहंकार भी था माँ पर, क्योंकि वे चाहे ग़रीब थीं पर सुन्दर और अभिमानी थीं।

क्रिसमस की एक शाम इस दूध के कारण हमारे साथ एक बड़ा

हादसा हुआ।

मैं पूरे गाँव का चक्कर लगा आया था, अपने हाथों में सफ़ेद भूरे पैसे पकड़े डरते हुए। हे भगवान, कहीं से एक गिलास दूध मिल जाए! पर हर तरफ़ लोग त्यौहार के कारण खुले दिल से ख़र्च कर रहे थे। मेरे सामने बड़े-बड़े पतीलों में, तीन पैरोंवाले मिट्टी के बर्तनों में दूध की ख़रीद-फ़रोख्त हो रही थी, पर मेरे माँगने पर तेज़ आँखोंवाली पैसे की लालची गाँव की औरतें अपने हाथ झाड़ देतीं और अपनी कमर पर कोहनियाँ जमाकर खड़ी हो जातीं और दुखड़ा रोने लगतीं–

"बेटा है नहीं। दे नहीं सकते। दूध जमा करना है। त्यौहार आनेवाला है। पकवान बनाने हैं, बड़े बाज़ार में बेचने जाना है, वहाँ दूध के अच्छे पैसे मिल जाएँगे।"

थका हुआ, बुड़बुड़ाता हुआ घर पहुँचा, "नहीं मिला, कोई नहीं देता।" माँ की बड़ी-बड़ी काली आँखें और बड़ी हो गईं, बस यूँ ही चमकीं। वे न बोलीं, न उन्होंने आह भरी, न उनके आँसू निकले। मगर मैं दुबक के ऐसे बैठ गया, मानो एक छोटा चूहा, जो ऐसा महसूस कर रहा हो मानो अभी बिजली गिरेगी।

माँ भी पकवान बनाना चाहती थी, मैदा दूध से गूँधना था, पर बोलीं कुछ नहीं। पानी का बर्तन लाईं और पानी से ही गूँधने लगीं।

मैं पलक झपकाए बग़ैर देखता रहा। बाहर अँधेरा तेज़ी से बढ़ रहा था। जैसे ही माँ ने मैदा सानना शुरू किया, मेरे दिमाग़ में एक बहुत साहसी विचार पनपा–

"माँ।"

माँ ने मेरी तरफ़ आँख उठाई, मैंने अपना विचार उनके सामने रखा–"मैं ऐस्तैर चाची के यहाँ जाऊँ..."

माँ ने पलक भी न झपकाई, हालाँकि मैंने बहुत बड़ी बात कह

दी थी। अगर इस वक़्त आलमारी पर चमकती हुई पीतल से मढ़ी बाइबल अपने आप अचानक उड़कर मेरे सिर से आकर टकरा जाती तो भी मैं इतना हैरान न होता...ऐस्तैर चाची से हमने कभी कुछ नहीं माँगा था, चाहे भूख से हम मर ही क्यूँ न रहे हों। उनके पास छह गाएँ थीं और हमारे घर में तीन-तीन दिन तक एक चम्मच दूध भी नहीं होता था। रोज आलू का सूप बनाकर पी लेते थे। अब तक तो मेरा दिल थोड़े से दूध तक के लिए टूट ही चुका था। खिड़कियों पर बर्फ़ चमकने लगी थी, सूर्य की किरणें भूरे रंग की हो चुकी थीं। माँ गूँधती रहीं, गूँधती रहीं, फिर अचानक बोलीं–"जा।"

मैंने सोचा शायद मैंने ठीक से सुना नहीं, एक क्षण को रुका, फिर मेज़ पर से पैसे उठाए और पकड़ के तेज़ी से भागा। फिर एक बार दरवाज़े पर ठिठका, रुका, माँ की ओर फिर से मुड़कर देखा–

"जाऊँ?"

"जा।"

पूरे रास्ते मेरा दिल धड़कता रहा, कहीं कुत्ते न पकड़ लें। कितना घबराता था मैं उनसे! मगर रास्ते-भर इतने खूँखार कुत्तों से सामना नहीं हुआ, जितना रिश्तेदारों के अहाते में।

एक नौकरानी सामने से आई और उसने मुझे कुत्तों से बचाया।

"ऐस्तैर चाची कहाँ हैं?"

भड़कीले कपड़े पहने वो नौकरानी शायद कुछ उदास-सी थी और कुछ गुस्सा भी–"उधर हैं पशुओं के बाड़े की ओर," गुर्राकर बोली, मानो अपने कुत्तों की तरह अपने पैने दाँत मुझमें गड़ाना चाहती हो।

मैं सहमा-सा, धीरे-धीरे, आधा ध्यान कुत्तों की ओर लगाए बाड़े की तरफ़ बढ़ा। पैरों को यूँ दबाकर रखता हुआ कि एक पत्ते तक के खड़कने की आवाज़ न सुनाई दे पैरों तले। बाड़े के दरवाज़े पर गहरा कोहरा छाया हुआ था।

अचानक मैं रुक गया, मानो बर्फ़ का एक छोटा-सा पुतला बनकर रह गया हूँ। बाड़े में से अजीब-सी आवाज़ें आ रही थीं।

"छोड़ो मुझे," ऐस्तैर चाची की आवाज़ सुनाई दी, पर ऐसे जैसे चिल्लाना चाह न रही हों।

कुछ झगड़ा-सा सुनाई दिया–फिर कोई तख़्त या कोई चारा रखने की लकड़ी के बक्से की चिरमिराने की आवाज़ सुनाई दी।

"बदमाश!" ऐस्तैर चाची हाँफते हुए बोलीं–"सूअर, बदमाश!"

कोई मर्दानी हँसी सुनाई दी, हलके-से हिनहिनाते हुए। मैं पहचानता था यह आवाज़। उनके ड्राइवर की थी–'फैरी पाल' की, जिसके बारे में मैंने सुना था कि वो चाची की नौकरानी की वजह से अपनी पुरानी नौकरी छोड़कर यहाँ काम करने लगा था।

"क्या चाहते हो?" फुसफुसाकर चाची बोलीं।

"आओ ना!" पाल बोला। फिर शान्ति हो गई।

मैं ऐसे खड़ा रहा मानो एक प्रतिमा। एक डरी हुई, अजीब-सी, एक छोटी-सी बाल-प्रतिमा, पर मुझे इस बातचीत का एक शब्द भी समझ में न आया।

"जाने दो," फुसफुसाकर फिर से चाची बोलीं।

"आओ, अगर नहीं आई तो मैं बाड़ा जला दूँगा। मुझे पागल न बनाओ...जब प्यास जगाई है तो बुझाओ भी तो।"

बाड़े में हलचल हुई और चाची तेज़ी से बाहर दौड़ीं–जब उन्होंने डरते हुए, फटी-फटी आँखें लिए दरवाज़े के पास क़दम रखा तो फौरन उनकी निगाह मुझ पर पड़ी। समझीं मैंने सब देख लिया, सुन लिया और समझ लिया। इससे वे बेहद डर गईं।

"क्या चाहिए?" मेरी ओर क़ातिलाना नज़र डालती हुई बोलीं।

"मेरी म...म...माँ ने," मैं हकलाते हुए बोला, "आपको

सलाम भेजा है और एक जग दूध आपसे लाने को कहा है।''

''नहीं है,'' वो चिल्लाईं। लगा जैसे मैं लड़खड़ाकर गिर जाऊँगा।

इसके साथ ही वो घर की ओर बढ़ गईं। मेरे दिमाग़ में एक अक़्ल की बात कौंधी–''पैसे से लेना चाहता हूँ।'' मैं इतने ज़ोर से चिल्लाया, जिससे मैं ख़ुद भी अचम्भित हो गया।

वो फिर मुड़ीं, जैसे एक दाँत गड़ानेवाले कुत्ते से अपने आपको बचाने की कोशिश में आदमी। ''जब कह दिया न, नहीं है।'' और कहकर आगे बढ़ गईं। उसके बाद फिर से मेरी ओर देखा–''मुझे तीन तन्दूर भरकर दूधवाली रोटियाँ बनानी हैं।''

मुझे अपनी पीठ के पास किसी के ज़ोर से ठट्ठा लगाने की आवाज़ सुनाई दी। फ़ैरी पाल मेरे पीछे खड़ा था। और मुझे अब ऐस्तैर चाची पर इतना क्रोध नहीं आ रहा था जितना इस जानवर पर।

मैं उबलता हुआ घर लौटा। दरवाज़े पर देर तक खड़ा रहा, जब तक दरवाज़ा खोलने की हिम्मत मुझमें न आ गई। माँ ने तेल की लालटेन जला ली थी। इस गाँव में शीशे की लालटेन इस्तेमाल करते थे; घरों में भी, जैसी अस्तबलों में करी जाती हैं। मैं अच्छी तरह जानता था कि हमारी लालटेन में तेल नहीं है और ना अब शीशी में ही बचा है।

मैंने पैसे मेज़ के कोने पर रख दिए और बड़बड़ाया–''वो नहीं दे सकती, उनके पास है नहीं।''

माँ सीधी खड़ी हो गईं, सख़्त बन गईं। मैं प्रतीक्षा में था कि अब चिल्लाएँगी, फटकारेंगी, पर वह कुछ न बोलीं, कुछ भी न बोलीं। माथे का पसीना अच्छे से पोंछा और बस कहा–''ठीक है।''

उदास बोझिल शाम थी। हम दोनों में से कोई कुछ ना बोला। मैं एकटक लालटेन की बत्ती को ताकता जा रहा था, लम्बे धुएँ की

लकीर को, बुझती हुई लौ को और सोच रहा था कितना तेल खाती है यह लालटेन, कि फिर से एक बूँद भी तेल नहीं बचा है बोतल में। यह भी सोच रहा था कि क्रिसमस पर तो कम-से-कम पिताजी घर आ जाते, त्यौहार के लिए। पर उनके लिए अच्छा ही है कि न आएँ, क्योंकि उनको हमारी यह भारी ग़रीबी देखनी अच्छी नहीं लगेगी। वो तो जब आते हैं बड़े आदमियों के साथ ही बैठते हैं, क्योंकि व्यापार की जुगाड़ ऐसे ही लोगों के साथ बन सकती है। पर ऐसा दिखता है कि उनके साथ वे भी अब नहीं होंगे। बिना पैसा ख़र्च किए पैदल घर के लिए चल दिए होंगे।

जल्दी ही मैं लेट गया। उस वक़्त भी कुछ और दिमाग़ में नहीं आया, सिवाय इस तरह के गम्भीर बड़े लोगोंवाले विचारों के।

रात गहरी हो चुकी थी, जब किसी ने खिड़की ज़ोर से खटखटाई।

"यूडिथ, यूडिथ!" हमें सुनाई दिया।

"ऐस्तैर!" माँ चिल्लाई—"तुम हो क्या?"

"मैं हूँ। भगवान के लिए अन्दर आने दो।"

माँ ने अन्दर आने दिया उनको। मैं पलँग पर सहमा-सा लेटा रहा। ठंड खाता रहा।

एक माचिस के जलाने की आवाज़-सी आई पर वो जली नहीं। चाची डरी हुई आवाज़ में फुसफुसाने लगीं—"अरे मत जलाओ, अगर मेरी मौत नहीं चाहतीं। मेरे लिए पलँग ले आओ। मेरा वक़्त आ गया है।"

माँ ने पिताजी का पलँग बिछा दिया, चाची उस पर लेट गईं उन्हीं कपड़ों में। केवल एक दफ़ा अचानक चिल्ला पड़ीं—"हाय मुझे छुओ मत, दर्द होता है। मैं बुरी तरह से घायल हूँ," और रोते हुए उछलकर बैठ गईं, "मुझे पीटा, बुरी तरह से पीटा। तुम्हारे अलावा और किसी के पास जाती तो इस बात का पूरे गाँव में ढिंढोरा पिट जाता।"

मैंने आँख फाड़कर देखना चाहा, पर कुछ भी देख न पाया। लगा माँ वहाँ है ही नहीं। कोई आवाज़ नहीं हो रही थी।

धीमे-धीमे सिसकती रहीं चाची–"मैं, मैं पगली बेवकूफ़! रंगे हाथों पकड़ी गई।" दाँत पीसकर बोलीं, "ऐसा मारा मुझे कि बाहर आँगन में गिरी। एक घंटे तक वहीं ठंड में पड़ी रही। जाती भी कहाँ। दरवाज़ा तो उसने बन्द कर लिया था। केवल तुम्हारे पास आ सकती थी। अगर कहीं और जाती तो मेरा अन्त ही हो जाता। तुम्हारे अलावा कोई भी मेरा हाल सब जगह सुना देता।"

कराहती रहीं, सिसकती रहीं और रोती रहीं–"मैं जानती थी तुम्हारे पति घर पर नहीं हैं और इसके अलावा तुम तो वैसे भी जानती ही हो।"

"मैं?" माँ बोलीं।

"बताया नहीं बच्चे ने?"

मैं शायद चक्कर खाकर पलँग से गिर ही जाता।

माँ बोलीं, उस रौबीली शान्त आवाज़ में, जिससे मैं काँपता था और पिताजी भी घबरा जाते थे–"मेरा बच्चा ऐसी बातें नहीं करता।"

ऐस्तैर चाची एकदम शान्त हो गईं। उसके आगे एक शब्द नहीं बोलीं, न रोई न सिसकीं। माँ लेट गईं और मैं जो उसके पैरों की ओर लेटा था ऐसा महसूस कर रहा था मानो वह बर्फ़-सी ठंडी थी।

सुबह जब मैं सोकर उठा सब कुछ तरतीब से लगा था। तन्दूर गर्म हो चुका था। माँ काम में लगी थीं। मैंने कपड़े पहने और नाश्ते का इन्तज़ार करने लगा। इसी समय ऐस्तैर चाची की नौकरानी अन्दर आई। बड़ी चहक रही थी। वैसी गुस्सैल और खूँखार नहीं थी जैसे पिछली शाम को। मुस्कराते हुए बोली–

"मेरी मालकिन ने एक मटका दूध भेजा है। शाम को जितना

दूध दुहा गया सब यही है। केवल ऊपर की क्रीम निकाली है जो पेस्ट्री बनाने में इस्तेमाल करनी है हमें।''

''ठीक है सूज़न, अपनी मालकिन से मेरा धन्यवाद कहना...और रुको, उनके लिए यह कान के बुन्दे लेती जाओ, यादगार के लिए पहन लें।''

माँ ने मख़मली बक्सा खोला और उसमें से सबसे ख़ूबसूरत बुन्दे निकालकर दे दिए।

मैं दूध को शायद बहुत क़ीमती समझता था। क्योंकि जिस प्रकार सूज़न उन बुन्दों को देखकर विभोर हो रही थी, उसी दिली ख़ुशी के साथ मैं उस शक्तिशाली मटके को देख रहा था। इन्तज़ार में था कि फिर से एक बार नाश्ते में दूध पीऊँगा।

पर माँ ने वो मटका उठाया और शान्ति से, आराम से, उसे बर्तन धोनेवाली जगह पर उड़ेलना शुरू कर दिया। हमारे पास जो इकलौता भालू था, शायद उसके लिए।

मेरा रंग फीका पड़ गया और भयानक डर ने मेरा ख़ून सुखा दिया मानो।

माँ ने तेरी तरफ़ देखा। चौंक गईं और हाथ एक क्षण को ढीला पड़ गया। दूध को उड़ेलने की गति मद्धम पड़ गई।

अन्त में लम्बी-सी आह भरी। जैसे उनके हृदय को चोट-सी लगी। दुख-भरे ख़ूबसूरत चेहरे पर एक आँसू ढुलक आया। बोलीं– ''ला बेटे, अपना कप मुझे दे दे...।''

अनुवाद : इन्दु *मसलदान*

सात पैसे

विधि ने अच्छा विधान बनाया है कि निर्धन व्यक्ति भी खुल के हँस सकता है। झोंपड़ी में से केवल दुख-दर्द की पुकार ही नहीं, बल्कि हँसी के फव्वारे भी सुनाई देते हैं। और यह भी सच है कि निर्धन व्यक्ति कई बार तब भी हँसता है जब उसको शायद रोना चाहिए था।

इस संसार को मैं अच्छी तरह जानता हूँ। शोओशोक की पीढ़ी ने जिसमें मेरे पिता भी शामिल हैं, अधिक-से-अधिक मुसीबत के हालात में जीना सीख लिया था। उस जमाने में मेरे पिता एक कारखाने में कच्ची नौकरी पर थे। उस वक्त बिताए गए समय पर न उन्हें गर्व है, न किसी और को, मगर यह वास्तविकता है।

और यह भी सच है कि मैं अपनी आनेवाली ज़िन्दगी में कभी इतना नहीं हँस पाऊँगा जितना अपने बालपन में हँसता था।

कैसे हँस सकता हूँ जब मेरी लाल मुँहवाली, सदा खुश रहनेवाली माँ अब नहीं है—वो जो कि इतनी प्यारी तरह से हँस सकती थी कि उसकी आँखों से आँसू बहने लगते थे और हँसते-हँसते उसका कलेजा मुँह को आ जाता था और दम-सा घुटने लगता था।

और वो भी कभी उतना ज़्यादा नहीं हँसी थी जितना उस दिन जब हम दोनों ने सात पैसे ढूँढ़ने में पूरी दोपहर गुजार दी थी। हमने खोजा था और पा भी लिया था उन्हें। तीन पैसे मशीन की दराज़ में, एक अलमारी में और बाक़ी ज़रा कठिनाई से ढूँढ़ सके थे।

पहले तीन पैसे माँ ने स्वयं ही ढूँढ़ लिए। सोचती थी, बाक़ी भी दराज़ में मिल जाएँगे क्योंकि उसी मशीन पर सिलाई करती थी लोगों के लिए और जो पैसे कमाती थी उसी में डाल देती थी। मेरे लिए वो दराज़ कभी न खत्म होनेवाले एक खजाने की भाँति थी, जिसे बस छुओ और जादू की मेज़ सामने लग जाए।

मुझे आश्चर्य हुआ जब माँ उसमें ढूँढ़ रही थी–सुई, अंगुश्ता, रिबन, बटन, लेस सब इधर-उधर का निकलता आ रहा था। बोलीं– "क्या छुप गए हैं?" "क्या?" मैंने कहा। हँसते हुए बोलीं "अरे पैसे।" खींचकर दराज़ बाहर निकाल लिया–"इधर आ बेटे, इन बदमाशों को ज़रा ढूँढ़ें–इन बहुत शैतान छोटे-छोटे पैसों को।"

उकड़ूँ बैठ गईं ज़मीन पर और इस तरह दराज़ को रखा जैसे डर हो कि अगर ध्यान न रखा तो पैसे उड़ जाएँगे, इस तरह उसे उलटा दिया जैसे तितली पकड़ने के लिए आदमी अपनी टोपी से उसे ढँक दे। असम्भव था इस पर हँसी न आना।

"इसके अन्दर हैं, छुपे हुए हैं।" लगातार हँसती रहीं और उठने की कोई जल्दी नहीं दिखा रही थी–मानो अगर एक भी पैसा अन्दर है तो उसे निकलने न देंगी।

मैं भी पास में उकड़ूँ बैठ गया, इस तरह ताकता रहा कि कहीं चमकते हुए पैसे छुप ना जाएँ। पर दराज़ में कोई हरकत नहीं हुई।

हम दोनों ने एक-दूसरे की ओर देखा और बच्चों जैसे इस तमाशे पर हँसे।

मैंने उस उलटे हुए दराज़ को छुआ।

“शश,” माँ ने धमकाया–“शान्ति रख, अभी भाग जाएँगे। चोरों की तरह। तू अभी नहीं जानता कितना तेज़ भागनेवाले जानवर हैं ये पैसे। बहुत तेज़ी से दौड़ते हैं लुढ़कते हुए।”

दाएँ-बाएँ झुके हम दोनों। काफ़ी जानकारी थी अब तक कि कितनी तेजी से लुढ़कते हैं पैसे।

जब कुछ देर बाद मुझे फिर से ध्यान आया तो मैंने धीरे से फिर दराज़ को उठाया थोड़ा-सा...

“अरे!” फिर माँ चिल्लाई और मैंने इतनी तेजी से हाथ हटाया मानो जलती हुई अँगीठी तक हाथ पहुँच गया हो।

“अरे उड़ाऊ बेटे, ध्यान से क्यूँ जल्दी उन्हें भगाना चाहता है? यह तब तक हमारे हैं जब तक यहाँ दराज़ के नीचे हैं। कुछ समय तक तो वहीं रहने दे। तू जानता है मुझे धुलाई करनी है। उसके लिए साबुन ज़रूरी है। साबुन के लिए कम-से-कम सात पैसे ज़रूरी हैं, इससे कम में आएगी नहीं। मेरे पास तीन पैसे हैं, चार और चाहिए और वो यहीं हमारे छोटे-से घर में हैं। यहीं रहते हैं, पर यह नहीं चाहते कि हम उन्हें तंग करें। अगर नाराज़ हो गए तो ऐसे गायब हो जाएँगे कि फिर कभी नजर तक नहीं आएँगे। इसलिए ध्यान से, पैसे बहुत सँभालने की चीज़ है, बड़ी कोमलता से, आदर से रखना पड़ता है इन्हें। रईस लड़कियों की तरह से आसानी से मूड बिगड़ जाता है इनका। तू कोई प्यारी-सी कविता नहीं जानता जिसके द्वारा इन्हें फुसलाकर बुला सकें?” इस बातचीत के दौरान हम दोनों काफ़ी हँसते रहे। मैं एक घोंघे को उसके घर से बुलाने का गीत जानता था। घोंघे की बजाय “पैसे चाचा” लगा कर मैंने शुरू किया–

“पैसे चाचा बाहर आओ
घर तुम्हारा जल रहा है।”

पर दराज़ के नीचे सौ तरह की चीज़ें थीं। सिर्फ़ नहीं थे तो

पैसे। माँ ने खिंचे हुए होंठों से उदास होकर इधर-उधर ढूँढ़ा, पर बेकार– "हमारे पास अगर मेज़ होती तो कितना अच्छा होता! उससे ढँक देते तो ज़्यादा अच्छी तरह छुपा पाते और तब पैसे यहीं नजर आते। मैंने हर चीज़ को कुरेद-कुरेदकर देखा और सबको दराज़ में डाल दिया। माँ इस बीच में कुछ सोचती रहीं। इस तरह अपने दिमाग़ को सोच में डालती रहीं मानो वास्तव में कहीं पैसे रखकर भूल गई हों।

मुझे कुछ याद आ रहा था।

"माँ, मैं एक जगह जानता हूँ जहाँ पैसे हैं।"

"कहाँ बेटे? चल जल्दी ढूँढ़ें कहीं बर्फ़ की तरह पिघल न जाएँ।"

"शीशे की आलमारी की दराज़ में थे।"

"ओ अभागे बच्चे, अगर पहले बताता तो वो भी आज न होते।"

हम खड़े हुए और पहुँचे शीशे की अलमारी के पास, जिसमें काफ़ी समय से शीशा न था। मगर दराज़ में वो पैसा था जिसके बारे मे मैं जानता था। तीन दिन से उसे चुराने की तैयारी कर रहा था, मगर हिम्मत नहीं हो रही थी। अगर चुरा पाता तो मीठी गोलियाँ खरीद कर खा लेता।

लो अब चार पैसे हो गए। अब दुखी मत होना बच्चे। अब हमारे पास सात पैसे का बड़ा हिस्सा तो हो ही गया है। अब तो बस केवल तीन पैसे चाहिए। अगर एक घंटे में उन्हें भी ढूँढ़ पाएँ तो शाम की चाय के समय से पहले भी मैं धुलाई कर सकती हूँ। तब तक भी धुलाई का समय रहेगा। जल्दी आ, बाक़ी दराज़ों में भी एक-एक पैसा मिल जाएगा।

अगर हर दराज़ में पैसा होता तो, बहुत पैसे हो जाते। क्यूँकि उस पुरानी अलमारी की युवावस्था में उस तरह के खाने बनाए गए थे,

जिनमें कई चीज़ें छुपाई जा सकती थीं। पर हमारे पास चीज़ों का कोई बोझ नहीं था, इसलिए कोई फर्क नहीं पड़ता था कि वह अलमारी दीमकों द्वारा काफ़ी खाई जा चुकी थी और खोखली हो गई थी।

माँ ने हर दराज़ से बातचीत शुरू की—"यह अमीर दराज़ था—इसमें कभी कुछ नहीं था। यह हमेशा उधार पर जिया। और तू कम्बख़्त भिखारी, तेरे पास तो कभी कुछ नहीं होगा क्योंकि तू तो हमारी ग़रीबी की चौकसी कर रहा है ना! और तू, तुझसे हालाँकि आज पहली दफा माँग रही हूँ, पर तू आज भी नहीं देगा।"

और इस तरह आखिरी दराज़ को खोलते हुए हँसते हुए चिल्लाईं, "इसमें सबसे ज़्यादा होंगे"—दराज़ में तला तक गल चुका था। हम हँसी से लोट-पोट होकर ज़मीन पर बैठ गए।

"जरा ठहर"—अचानक माँ बोली—"अभी हमारे पास पैसे पूरे हो जाएँगे। तेरे पिता के कपड़ों में देखती हूँ।" दीवारों पर कीलें गड़ी थीं। उन पर कपड़े टँगे थे। और क्या देखते हैं कि पिताजी की पहली जेब से ही एक पैसा निकल पड़ा।

अपनी आँखों पर यकीन न आया—मिल गया, यह रहा, अब कितने हो गए? एक, दो, तीन, चार, पाँच; पाँच। अब केवल दो चाहिए। अरे दो पैसे क्या हैं, दो भी मिल जाएँगे। बड़े जोश से आखिरी जेब तक टटोल डाली, पर बेकार। एक भी न मिला। सबसे बढ़िया माँ का मजाक भी कहीं से दो पैसे उन्हें न दिला सका।

माँ के गालों का रंग लाल गुलाब की तरह हो गया था। इस आपाधापी में और इतनी दौड़-धूप से। उन्हें अधिक काम करना मना था, क्योंकि उससे एकदम बीमार पड़ सकती थी। पर यह तो एक असाधारण काम था। पैसे खोजने के काम से क्या कोई किसी को मना

कर सकता है?

चाय का समय आ गया और आकर चला भी गया। बस अब जल्दी ही शाम हो जाएगी। कल पिताजी को पहनने के लिए साफ़ कमीज़ चाहिए और उसकी धुलाई सम्भव नहीं। कुएँ के पानी से तेल की कालिख कहाँ साफ़ हो सकती है भला?

तब माँ ने अपने माथे पर हाथ मारा।

"ओफ हो, मैं तो गधी हूँ। मैंने अपनी जेबें तो देखी नहीं। चलो अब देखती हूँ।" देखा। और जनाब, वहाँ भी एक पैसा मिला।

"छठा पैसा?"

हमें बुखार-सा चढ़ने लगा। अब सिर्फ़ एक पैसे की ज़रूरत है।

"अपनी जेब भी दिखा। शायद उसमें भी हो।" मेरी जेब? वो तो दिखा ही सकता था। उसमें कुछ नहीं मिला।

शाम होने लगी और हम अपने छह पैसों के साथ ऐसा महसूस कर रहे थे जैसे हमारे पास एक पैसा भी न हो। बनिया उधार पर देगा नहीं। और पड़ोसी? वो तो हमारी ही तरह ग़रीब थे, उनसे एक पैसा नहीं माँगेंगे।

और कुछ नहीं कर सकते थे, सिर्फ़ खुले दिल से अपनी खस्ता हालत पर हँस सकते थे। इसी समय एक भिखारी दरवाज़े पर आया। गाना गाते हुए बड़ी नम्रता से लगा भीख माँगने–'भाई पैसा दे दो।'

माँ आँखें गड़ाकर उसकी ओर देखने लगीं और हँसते हुए बोलीं–"बाबा रहने दो–आज पूरी दोपहर यहाँ लेटी हूँ, एक पैसे की कमी की वजह से एक टिकिया साबुन नहीं खरीद पाई हूँ।"

भिखारी धर्मात्मा-सा वृद्ध था। माँ की तरफ देखते हुए

बोला–"एक पैसा?"

"हाँ।"

"मैं देता हूँ।"

"अभी भिखारी से भीख लेने की नौबत नहीं है।"

"अरे बेटी, छोड़ो! मुझे कोई फर्क नहीं पड़ता। इससे मेरा भी भला होगा।"

मेरे हाथ में उसने एक पैसा रख दिया और धन्यवाद देता हुआ चला गया।

"हे भगवान!" माँ बोली, "भाग उसके पीछे।"

और फिर एक क्षण के लिए खड़ी रह गईं। उसके बाद ज़ोर-ज़ोर से हँसने लगीं।

"क्या सही समय पर पैसे इकट्ठा हुए हैं। आज तो अब धुलाई नहीं कर सकती। अँधेरा हो गया है और हमारे पास लालटेन है नहीं।"

हँसते-हँसते उसका दम उखड़ने लगा। तकलीफदेह, मरणतुल्य साँस चलने लगी और मैं उसकी तरफ यूँ बढ़ा कि मदद कर सकूँ। जब मेरे दो हाथों में उसका मुँह झुक गया तो मैंने अपनी हथेली पर कुछ गर्म पदार्थ महसूस किया।

खून था वह! वह महँगा, पवित्र खून मेरी माँ का था। उस माँ का, जो ऐसे हँसना जानती थी जैसे ग़रीबों के बीच भी कुछ विरले ही जानते हैं।

अनुवाद : इन्दु *मसलदान*

भेड़ की नाँद

मर गया। गाँव में सबसे निर्धन, भूमिहीन किसान मर गया। एक बेचारा इनसान की तरह, पलँग पर लेटे हुए, लम्बे अरसे तक तिल-तिलकर गलते हुए। उसे कब्रिस्तान में ले गए, खुरदरी लकड़ी की अर्थी पर। ज़मीन पर रखा और फिर मिट्टी से उसे ढँक दिया।

उसके बाद अर्थी के साथ गए लोग वापस लौटे। बहुत कम लोग थे। कुछेक लड़के, बुढ़ापे से सूखी हुई-सी उसकी बूढ़ी पत्नी, पड़ोस की तीन औरतें और एक बूढ़ा, जिसके साथ वह सारी ज़िन्दगी लड़ता रहा था। शायद वह इसीलिए साथ गया था कि कम-से-कम एक बार और उसे मार सके, चाहे कब्र की मिट्टी ही सही।

चार-पाँच स्कूली बच्चे अपने मास्टर साहब के आगे थे और मास्टर जी पूरे रास्ते गाते चले थे। इनके पीछे चार-पाँच बच्चे और थे जो गा नहीं रहे थे, सिर्फ़ इधर-उधर ताक रहे थे। उसके बाद वे सब लौट आए और अपना-अपना रास्ता पकड़ने से पहले आपस में कुछ बतियाने लगे—“अच्छा आदमी था। अभी कुछ दिन और जी सकता था। पाइप पीने का उसे शौक था और जब तम्बाकू न मिलता तो आलू के पौधे की छाल को ही पाइप में डालकर काम

चला लेता था।''

और इस तरह वह लोगों की यादों के परे चला गया। उसके दोनों लड़के घर के अन्दर गए। जो इतने छोटे थे कि घर की छत जिन पट्टों पर टिकी थी, उनसे उनके सिर टकराते थे। दोनों चुपचाप कुर्सियों पर बैठ गए। माँ ने वह खिड़की बन्द कर दी जो अर्थी ले जाते समय खुली रह गई थी।

बुढ़िया ने चूल्हा जलाकर एक बड़ी पतीली में भरवाँ बन्दगोभी गर्म की, जो मालिक ने भेजी थी। वह गोभी पूरे क्रिया कर्म के दौरान वहीं थी। उसकी खुशबू मास्टर साहब की प्रार्थना के समय भी उनकी नाक को गुदगुदा रही थी। और दोनों बेटे उस समय यह सोच रहे थे कि जब बेचारे बाप को दफनाकर वापस लौटेंगे तो घर में कम-से-कम कुछ अच्छा खाने को तो मिलेगा। वे मन-ही-मन मालिक को शरीफ आदमी समझ रहे थे। हालाँकि उसने अभी तीन दिन पहले ही घर खाली करने को कहा था। कहा था कि इस घर में बूढ़े के मरने तक ही रह सकते हैं। उसके मरने के दूसरे दिन ही उन्हें अपने लिए कोई दूसरा ठिकाना तलाश करना होगा, क्योंकि एक और भूमिहीन उस घर में आने को तैयार बैठा था। वसन्त आ गया था और मजदूर की ज़रूरत थी, क्योंकि बूढ़े को बीमारी के कारण जानवरों का मल साफ़ करने में भी देर लगती थी।

इससे वे दुखी नहीं थे क्योंकि भविष्य का बन्दोबस्त हो चुका था। बुढ़िया जब पादरी को इत्तला देने गई थी कि अब बूढ़े का अन्तिम समय आ गया है, वे पाप बख्शने के लिए आ जाएँ, तब पादरी की पत्नी ने उससे कहा था–''यज़ी चाची, इसके बाद अब आप क्या करेंगी?'' फिर बोली, ''उनके पास आज रह तो सकती हैं, खासतौर पर अगर अपना बिस्तर है। छोटी कोठरी उसे दे दी जाएगी वहाँ जब तक वह ज़िन्दा है, रह सकती है। सिर्फ़ मुर्गियों की देखभाल करनी

होगी। छोटी बत्तखों के लिए नर्म घास, सूअरों के लिए चारा और आँगन में झाड़ू और बगीचे में जो भी छोटे-मोटे काम हों वो करने होंगे।'' बुढ़िया को इस बात से काफ़ी तस्कीन पहुँची थी। तब से वह इतना रोई भी नहीं जितना पहले रोती थी। बल्कि अफसोस कर रही थी कि कुछ समय पहले क्यों न उसके भाग्य जगे। अब उसे इस गिरते हुए छोटे से घर की ज़रूरत नहीं। उसने बस बीच के थोड़े से हिस्से की सफाई की। किसी और के लिए वह क्यों सफाई करे भला? सुबह तो मैं पादरी के घर चली ही जाऊँगी, बाक़ी से क्या लेना-देना।

बेटे धीरे-धीरे चुपचाप खाते रहे। जब तक कि पेट पूरी तरह न भर गया। फिर दोनों बेटों ने माँ की ओर देखा। वे भी तैयार थे। दोनों में से कोई भी मालिक के पास नहीं रहेगा। मालिक ने उनका काफ़ी खून चूसा है। अच्छा ही है, अब उससे छुटकारा मिलेगा। ज़मींदार के यहाँ एक गाड़ीवान बन जाएगा, दूसरा शहर जाएगा। उसका जी अब गाँव में रहने को नहीं करता। शहर ही जाएगा। फिलहाल वे यही सोच रहे थे, कि सामान का बँटवारा करना है।

''तुम पादरियों के पास जा रही हो?'' छोटे बेटे ने पूछा। शहर के बारे में यह सोचते हुए कि अगर पैसे कमा सका तो अमेरिका जाकर ही रुकेगा।

''पता नहीं क्या होगा?'' बुढ़िया ने सतर्कतापूर्वक कहा। सीधी बात कहने की हिम्मत नहीं थी उसकी, क्योंकि ज़िन्दगी-भर की यही आदत थी। आदमी भला कैसे जान सकता है कि अगले पल क्या होनेवाला है। शायद बच्चों की अलग से कोई ख्वाहिश हो। सबसे अधिक इसका डर था कि कोई बेटी कहीं उसी के साथ रहना न चाहे। क्योंकि वह अपनी बरसों की ग़रीबी से तंग आ चुकी थी। और इस ग़रीबी से बाहर निकलने के लिए तड़प रही थी। वह पादरी की रसोई की ऐसी कामना कर रही थी मानो वह कोई स्वर्ग हो। ''हे भगवान

आज भी, जबकि छुट्टी का दिन नहीं है, जब मैं वहाँ गई तब मुर्गी साफ़ की जा रही थी।''

''यह तुम्हारा निजी मामला है।'' बड़े बेटे ने धीरे से कहा, जो गाँव में ही रहने का विचार रखता था, मगर इस समय उसके दिमाग़ में वह लड़की घूम रही थी जिससे वह शादी करना चाहता था। खासतौर पर इसलिए कि लड़कीवालों का अपना एक छोटा-सा घर भी था। साथ ही इस बात की भी खुशी थी कि माँ से छुटकारा मिलेगा।

छोटे लड़के ने मछली के आकार की मूठवाला चाक का फल खट से बन्द किया। खट की आवाज़ ऐसी थी मानो गोली चली हो। उसके बाद एक बार उसे फिर खोला और दुबारा खट से बन्द किया। चाकू एक महत्त्वाकांक्षी व्यक्ति के अनुरूप था...उसकी समझ में नहीं आ रहा था कि बँटवारा कहाँ से शुरू किया जाए।

''कैसा फटा हुआ थैला है।'' भेड़ के बालों से बने थैले को देखकर वह बोला।

बड़े भाई ने भी थैले की ओर देखा। ''हूँ, तो छोटा भाई यह थैला चाहता है, जिसे लेकर बाप या तो बाज़ार जाया करता था या फिर किसी जमाने में कहीं दूर खुदाई के काम पर जाया करता था। इस थैले को दोनों बड़ी इज़्ज़त से देखते थे। यह उनके सपनों की चरम सीमा का प्रतीक था। क्योंकि इनके बचपन में इसी थैले से चीज़ें निकलती थीं–या तो वह रोटी, जो बाप सुबह घर से लेकर चला था मगर बिना खाए वापिस ले आया था, या फिर बाज़ार से लाया हुआ कोई छोटा उपहार। बड़ा भाई समझता था कि छोटे भाई के शब्दों का क्या अर्थ है। उदासीन शब्द बोल रहा है ताकि फोकट में बाप के औजार हड़प ले।'' धीरे-धीरे लम्बे इन्तज़ार के बाद, जैसे कोई महत्त्वपूर्ण बात न हो, उसने बूढ़े के चमड़े के बूट को देखा,

जो पलंग के नीचे से झाँक रहा था।

"खैर थैला तो थैला है"—उसने कहा, "पर इस घिसे हुए बूट का क्या करें?"

छोटे भाई ने लालची नजर से उधर देखा—"ओ हो बूट। अच्छी हालत में तो नहीं है, मगर अच्छे बूट को बचाए रखने में काम आ सकता है।" वह ख़ुद तीन दिन से इसी उधेड़बुन में लगा था कि थैला चुने या बूट। काश! पहले से जान सकता कि भाई किसे ज़्यादा पसन्द करेगा। वैसे तो वह सिर्फ़ तभी तक थैला इस्तेमाल करेगा जब तक शहर नहीं पहुँचता। क्योंकि आजकल शहर में वह कोई थैला इस्तेमाल नहीं करता। पर अगर थैला बड़े भाई के पास रहेगा तो सौ साल के बाद भी यहीं मिलेगा। इसलिए इसके लिए यह बड़ी क़ीमती चीज़ है...लेकिन वह ख़ुद भी उसे चाहता था, क्योंकि वह सफ़र पर जा रहा था और बिना थैला लिए भला गाँव से कैसे जाया जा सकता है। ऐसा लगेगा मानो खाली हाथ, बिना कुछ लिए नंगा...

फिर इस बात से वह डर गया कि बड़ा भाई कहीं आसानी से स्वीकार न कर ले कि थैला मैं ले लूँ और वो बूट वह। और इसके साथ ही लाल मुँह करके उसने यह सोचना शुरू कर दिया कि शायद बूट ज़्यादा अच्छा है, जैसा कि उसे प्रतीत होता है।

"मेरे बेटो! यहाँ अब सब कुछ तुम्हारा ही है।" यह कहते हुए माँ रो पड़ी। "तुम्हारे अच्छे पिता अब नहीं रहे।" पर वह उदास नेत्रों से थैले को भी और बूट को भी देख रही थी।

सही तो यही रहता कि यहाँ सब उसका ही होता। वह थैला बेच सकती थी। चाहती भी यही थी, पर हिम्मत नहीं पड़ी। तब बूढ़ा ज़िन्दा था। सोचा, बाद में बेच लूँगी। लूकाचवालों का लड़का एक शाम वहाँ आया था। माँग रहा था—थैला भी और लाल पाइप भी। और इनके

बदले अपनी माँ के कपड़ों में से एक पूरे सूट का वायदा भी कर गया था—काली मलमल की पोशाक, जिसका रंग कुछ उतर गया था, लेकिन अब भी वह फटी नहीं थी। बहुत अच्छा रहता अगर पादरियों के घर वह उसी पोशाक में जाती। क्योंकि बहुत विचार करने पर भी उसकी समझ में नहीं आ रहा था कि उसके पास ऐसा कोई पहनने लायक कपड़ा नहीं है जिसे पहनकर अपने आपको वहाँ प्रस्तुत कर सके। वह बिलख-बिलखकर रोने लगी। रोती रही, रोती रही, आँसू बहते रहे। वह इतना ज़ोर से रो रही थी, कि घर से बाहर निकल गई। अगर बेटे थैला और बूट दोनों ले लेंगे तो उसकी कोई इज़्ज़त नहीं रहेगी पादरियों के घर में। वह सड़क की भिखारिन बनकर रह जाएगी।

बेटे जानते थे कि माँ थैला ले लेने से दुखी है, मगर वे यह नहीं जानते थे कि लूकाच शानदोर ने क्या सौदा तय किया था! इसीलिए उन्हें लगा कि माँ सिर्फ़ जलन की वजह से ऐसा कर रही है और अपनी सगी माँ के इस व्यवहार से वे दुखी भी हुए। जब उसके रोने से वे ऊब गए तो बड़े बेटे ने कहा, ‘‘तुम किस बात पर किटकिट कर रही हो।’’ बुढ़िया ने एक अन्तराल के बाद सिसकते हुए जवाब दिया—मेरे बच्चो! मैं तुम्हारे अच्छे पिता का गम मना रही हूँ। तुम्हें मालूम नहीं है कि वे मेरे लिए क्या थे।’’

उसी समय जैसे ही फैरी ने किवाड़ के कोने पर की कील से बटन-लगी वास्कट निकाली तो बुढ़िया के दिल की धड़कन मानो थम गई। इसी की जेब में लाल पाइप रखा था।

दूसरे ने औजार तेज करनेवाले पत्थर को हाथ लगाया और दोनों बड़ी बुद्धिमत्ता से यह विचार करने लगे कि ज़्यादा फ़ायदे में कौन रहा, मगर बेचारी माँ ने सिर्फ़ यही देखा कि छोटे बेटे ने, जो गाँव को छोड़कर जाना चाहता है, थैला और लाल पाइप भी हड़प लिया

है। यह बहुत खराब, साँप की सी फितरत है। उसे अपने लड़के से नफ़रत हो गई।

"अरे कुत्तो," वह मुट्ठी दिखाकर, धमकाती हुए बोली, "अभी तो बाप को अच्छी तरह दफनाया भी नहीं, और उस पवित्र आत्मा की सम्पत्ति पर नाखून गड़ाने लगे। इससे अच्छा तो मैं तुम्हें दफना देती, अगर जानती कि तुम ऐसे कमीने हो।"

पर लड़कों ने कोई परवाह न की। वे दोनों एक के बाद एक हर फटी-पुरानी चीज़ को बटोरते रहे, बातें करते रहे, देखते रहे और हूँ-हाँ करते रहे। वे अगले दिन, दोपहर तक लगातार विचार करते रहे, जब तक कि हर चीज़ का बँटवारा न हो गया।

तब तक नया भूमिहीन किसान उस घर में रहने के लिए अपना सारा सामान लेकर पहुँच गया। पड़ोस की गाड़ी माँ को भी पादरियों के घर ले गई। उसके बिस्तर, चारपाई और खटारे बक्से के साथ। लड़के तब भी बँटवारा पूरा न कर सके। पर अब वे एक-दूसरे से इतनी नफरत करने लगे थे कि एक उस तरफ पीठ करने को भी तैयार न था जहाँ दूसरे के खड़े होने की सम्भावना तक हो। वे यहाँ बड़े हुए थे, इसी टूटे-फूटे घर में, इन्हीं फटी-पुरानी चीज़ों के बीच। और कभी किसी ने यह सोचा तक न था कि किसी चीज़ को बाँटा भी जा सकता था। परिवार में एकजुटता का माहौल था और चारों ओर शान्ति थी। मगर अब अचानक सब कुछ अलग-अलग हो गया था। फर्नीचर, कपड़े यहाँ तक कि बैलों पर के जुए की जंग खाई कीलें भी। इनके बीच अचानक ही वह प्रकट हो गया था जो अब तक इन्हें मालूम न था। व्यक्तिगत सम्पत्ति का एहसास, शापयुक्त भयानक वेग के साथ। वे एक-दूसरे के शरीर में चाकू घोंपने को तैयार हो गए थे—उन बेकार चीज़ों के लिए, जो अभी-अभी उन्हें ढूँढ़ने पर मिली थीं। अन्ततः बँटवारा

खत्म हुआ। तभी छोटे ने घर के आँगन के कोने में, जो बहुत खस्ता हालत में थी, भेड़ की एक बड़ी-सी नाँद देखी। "हमने इसका बँटवारा नहीं किया।"

"हाँ," बड़े ने बुड़बुड़ाकर बहुत खराब मन से कहा, "अब इसका क्या करें?"

नया भूमिहीन किसान दोनों के बीच खड़ा होकर दोनों को छेड़ते हुए बोला–

"इसके दो टुकड़े कर लो।"

वह उन पर हँसा भी, क्योंकि नाँद किस काम की रह जाएगी, अगर वह दो टुकड़े करके बाँट दी गई। पर बड़ा भाई, जो गाँव में रहनेवाला था, उसने सोचा कि नाँद के कट जाने पर भी वह उसमें लकड़ी लगाकर उसे काम लायक बना लेगा। छोटा भाई, जाहिर है कि शहर तो उसे ले जाना नहीं चाहता था, उसके लिए सब बराबर था। या तो किसी को भेंट कर देगा, या यहूदी को देकर तम्बाकू का कोई पैकेट खरीद लेगा।

मिहाय ने नाँद के बीच में आरा लगाया। इस पर फैरी ने समझ लिया कि भाई के दिमाग़ में क्या है। यह नाँद बड़े भाई को मालिक बना देगा। इसमें छोटे सूअर को खिलाया जा सकता है। अगर छोटे सूअर को बेचेगा तो गाय का बछड़ा खरीदेगा। अगर गाय को बेचेगा तो घर खरीदेगा। मालिक बनेगा। और वह ख़ुद रास्ते में भीख माँगता होगा। फिर उसने आरा लिया और नाँद को एक कोने से दूसरे कोने तक आधो-आध चीर दिया।

इस तरह उन्होंने नाँद को लम्बे-लम्बे दो टुकड़ों में बाँटा, ताकि किसी को कोई फ़ायदा न हो।

अनुवाद : इन्दु मसलदान

किश शमु योश्का

वे एक ही गाँव से आए थे, कहीं ट्रांसिल्वानिया की सीमा के आसपास से और ट्रांसिल्वानियन लोगों जैसे चालाक भी थे। हमेशा खुश रहते थे, मस्तमौला। कतार में दोनों एक-दूसरे के साथ-साथ खड़े होते थे। आख़िरकार दोनों के नाम तक आपस में घुलमिल गए थे जो सारी पलटन में विख्यात था। एक का नाम किश शमु, दूसरे का नाम शमु योश्का था। पर दोनों के नाम एक साथ घुलमिल कर हो गए थे–किश शमु योश्का।

''भाई,'' किश शमु ने कहा–''मुझे भूख-सी लग रही है।''

उन्हें खाना खाए दो दिन हो गए थे। उनके पास फूटी कौड़ी तक न थी। उन्हें तारों से बनी मोर्चे की बाड़ तक भेजा गया था। उनके पीछे एक बड़ा मैदान था जिसे सिर्फ़ रात को कुछ सैनिक छिपकर ही पार कर सकते थे और वे भी अधिकतर इन बेचारों के लिए खाना नहीं, गोलियाँ लाया करते थे।

''क्या खाएँ, भाई?'' शमु योश्का ने कहा।

''खाने को क्या है?''

''मेरे पास पानी है।''

"मेरे पास नमक है।"

"वाह, बढ़िया सूप बनाया जाए।"

"पर किस चीज़ का सूप?"

"घास का।"

"क्या, वह चलेगा?"

"ज़रूर।"

"रुक जा, ऐसे नहीं बनेगा। मैं 'परेय'[1] साग का सूप बना दूँगा, वह ज़्यादा अच्छा होगा।"

"वह है कहाँ?"

"ढूँढ़ लेंगे। इस इत्ते बड़े मैदान में कहीं-न-कहीं तो मिलेगा। मेरी अम्माँ गाँव में वैसे ही बाहर जाकर पकाने भर को तोड़ लाती है।"

"वाह, तब तो मज़ा आ जाएगा।"

इसके ऊपर वे हँसे।

मैदान में रौंदी और कुचली घास में वे व्यर्थ ही इधर-उधर रौंदते रहे, उन्हें पकाने के लिए 'परेय' नहीं मिला।

"सुन भाई, मैं मोर्चे के आगे जाऊँगा, वहाँ कौन जाता है? खूब घास खड़ी है...उधर तो ज़रूर मिलेगा।"

"मैं भी आऊँगा।"

"नहीं, तुम न आओ, क्योंकि अगर एक वहाँ लुढ़क गया तो दूसरा कम-से-कम थोड़े से 'परेय' के लिए क्यों मरे?"

"तब तो देखो, मैं ही जाऊँगा।"

"तुम सब घास चर डालोगे तो वहाँ मेरे लिए क्या बचेगा, कद्दू?"

इतने में किश शमु तारों की मोर्चाबन्दी के नीचे से घिसटकर उधर निकल गया। वह धीरे-धीरे एक बड़े मोटे छछूँदर की तरह सरक

1. एक ऐसा साग है जो स्वतः होता है और जिसे प्रायः जानवर चरते हैं, आदमी नहीं खाते।

रहा था। उसे घास की हर एक पत्ती का एहसास हो रहा था, सूँघ रहा था, चटरपट्टी तक चख रहा था, पर उसे ऐसा कोई पौधा नहीं मिला जैसा उसकी माँ तोड़कर लाया करती थी–कोमल, मीठे पत्ते। आह, कितने दूर हैं वे : माँ और अपना देस।

वह सरकता रहा, आगे और आगे, हरी घास में प्यार से, धीरे-धीरे, बिना आवाज़, ऊँची सरपत में जो कटाई के लिए तैयार थी। अपने सिर को बार-बार छिपाते हुए और पंजों से मिट्टी को खरोंचते आगे सरकना उसको बहुत अच्छा लगा।

दुश्मन का मोर्चा बिलकुल दूर न था। रूसी खाइयाँ कोई सौ मीटर दूर थीं पर बीच में घने झाड़ थे और इतनी ऊँची घास थी कि घुटने टेको तो सिर बाहर दिखाई नहीं देता था। किश शमु और आगे बढ़ता रहा। वह केवल स्वयं ही देख रहा था कि खड़ी हुई पतली घास की पत्तियाँ उसके शरीर के नीचे कैसे दबती हैं।

अचानक अजीब-सी आवाज़ कानों से टकराई।

एक क्षण के लिए वह डर के मारे चुप रहा, फिर धीमी आवाज़ में हँसने लगा कि सुनाई न दे।

वह किसी के खर्राटे सुन रहा था।

अब क्या किया जाए?

खुली बड़ी नीली छतरी के नीचे इतने आराम से कौन सो सकता है?

आँखें ऊपर उठाईं जहाँ सिर्फ़ गहरा नीला आसमान था। पूर्व की ओर से सफ़ेद बादल तैरते आ रहे थे। हे भगवान, यह आदमी इतने अधिक अजनबी माहौल और दुश्मनों के बीच कैसे सो सकता है? शरीर तो आराम माँगता है। घर पर आदमी कैसे सोने जाता है? जब रोज़ का काम खत्म हो जाता है तब बिछे हुए मुलायम और अच्छे पयाल में घुसकर ऐसे लेट जाता है कि सुबह तक उसे

पता ही नहीं चलता क्या है ज़िन्दगी...बस, मध्यरात्रि को जब घोड़े फुफकारने लगते हैं तब कुछ होश आता है कि आधी नींद में भी अपना कर्तव्य निभाऊँ—घोड़े को ताज़ा चारा डालूँ...आदमी को हर तरह की आदत पड़ जाती है।

इस वक्त भी उसकी पलकें मनों भारी हो रही हैं। फिर भी वह सो नहीं सकता...लेकिन इस आदमी को देखकर जो उसके सामने बच्चों जैसी खामोश और मीठी नींद सो रहा है, ऐसा लगता है जैसे उससे स्वप्नों की किरणें फूट रही हों जो छूत की बीमारी जैसी उसे लग रही हों और उसकी पलकों को मीठे शहद से चिपका रही हों। वह मदहोश-सा सामने छछूँदर के कोमल मिट्टी के घर के ऊपर लगभग सिर रखता है कि—दुनिया, परेशानियाँ, थकान, पस्त करनेवाली भूख, वह सब कुछ भूल जाए, अपने आपको सबसे प्यारे और मीठे सपनों के हवाले कर दे...

उसे अचानक दूसरे की याद आती है, शमु योश्का, उसका दोस्त। जो वहाँ मोर्चे पर, तार की बाड़ के पीछे मीठी 'परेय' पत्तियों का इन्तज़ार कर रहा होगा कि सूप बनाया जाएगा।

सारी नींद एकदम आँखों से उड़ जाती है। उसकी ज़िन्दगी, वह तो कोई बात नहीं, दूसरे लोग भी मारे गए हैं, हज़ारों-लाखों और संसार की सृष्टि से लेकर आज तक कितने लोग मरे हैं, और इसके बाद भी हमेशा सबको एक बार मरना है। पर शमु योश्का मीठी 'परेय' पत्तियों का इन्तज़ार कर रहा है।

किश शमु को एक बात सूझी।

अपनी जीवन-शक्ति को फिर एक बार समेटकर वह और आगे बढ़ा, धीरे-धीरे, छिपकली की तरह।

और उसके सामने रूसी सैनिक।

वह टाँगें फैलाए बेखबर सो रहा है। हरे से कपड़े पहने, उसकी

टोपी सिर से आधी सरक गई है, लम्बे हलके भूरे रंग के बाल पसीने से भीगे हुए, गरम माथे पर बिखरे हुए हैं। उसका मुँह थोड़ा-सा खुला है, चेहरा बच्चे जैसा सौम्य और शान्त। सिर घास के पुंज पर टिका है। उसकी बन्दूक़ हाथ से गिर गई है, खाने का थैला उसके पास है, वह ऐसे सो रहा है जैसे नन्हा-सा बच्चा पूरे विश्वास और खुशी से अपने को माँ की गोद के हवाले करके सोता है कि जो भी हो, उसे कोई परवाह नहीं। जागने से पहले उससे प्यार किया जा सकता है या मौत के घाट उतारा जा सकता है. ..यह रूसी किसके भरोसे यहाँ पड़ा है। पवित्र भूमि उसके नीचे धड़क रही थी। ऐसा लगता था कि भूमि के धड़कने के साथ-साथ रूसी बहादुर धीमी-धीमी साँसें ले रहा है।

किश शमु की आँखें चमकने लगीं। उसकी नज़र तेज़ हो गई। वह कनखियों से देख और तौल रहा था कि रूसी कितनी गहरी नींद सो रहा है।

फिर उसने अपना हाथ आगे बढ़ाया। मुट्ठी में तेज़ और नुकीली संगीन थी...

वह संगीन रूसी के खुले, बालोंवाले, लाल और काँपते हुए सीने से बस एक सेंटीमीटर पहले रुक गई...ऐसा लगा जैसे कठोर लोहे की क्रूर संगीन अपने आप किसी सुन्दर और सच्चे विचार के प्रभाव के कारण दुविधा में पड़ और काँप कर रुक गई हो। फिर पीछे हट रही है, दूसरे हाथ में चली जाती है।

किश शमु ने दूसरे हाथ से जो खाली था, लम्बी रूसी बन्दूक़ को पकड़ा और घास पर से उठा लिया...यदि जीवित मनुष्य की आत्मा न जुड़ी हो तो यह बन्दूक़ रूपी मशीन भी कितना आज्ञाकारी जानवर है। रूसी मौत अब हंगेरियन मुट्ठी में थी...लेकिन अब मुट्ठी फिर से खुल गई, हंगेरियन हाथ आगे बढ़ा, उसने भूरे रंग

का रोटी का थैला उठाया...

इसके सिवाय उसे कुछ नहीं चाहिए था।

एक बार फिर उसने सोते हुए बड़े से लाल आदमी पर नज़र दौड़ाई। वह युवा आदमी तो नहीं था। उसके चेहरे पर सुनहरी और खशखशी दाढ़ी की खूँटियाँ थीं। चेहरे पर थकान की रेखाएँ थीं, जैसी जीवन की लड़ाई में पिसे-कुचले पिताओं की होती हैं।

'सोते रहो भई,' किश शमु ने मन-ही-मन में कहा। फिर बन्दूक़ और थैला गले में लटकाकर पीछे सरकने लगा।

एक तेज़ खर्राटा सुनाई दिया जिससे वह डर गया। भयानक रूप से डर गया। अगर वह बेचारा जग गया तो उसे मरना ही पड़ेगा।

वह खामोशी से उस राई के कीड़े की तरह इन्तज़ार करने लगा जो ज़रा-सी आवाज़ तक सुनकर मुर्दा होने का अभिनय करता है और एक लम्बे क्षण के बाद फिर चल देता है...

वह जैसे आया था उसी तरह अपनी खाँच पर वापस जाने लगा। बर्फ़ में खरगोश की खाँच को कैसे पहचाना जा सकता है? खरगोश के जोड़े की दोहरी खाँच को। पहले दो छोटे निशान, पीछे दो बूढ़े निशान। या लोमड़ी की खाँच को कैसे पहचाना जा सकता है, जैसे लगातार दुलकी चाल से चली जा रही हो और उसकी लम्बी पूँछ पीछे बर्फ़ में झाड़ू दे रही हो...आदमी की खाँच और भारी होती है, ज़िन्दा घास ऐसे टूटती है जैसे घासवाले खेत में खाई खोदी-उकेरी गई हो।

जब वह तारों के नीचे से वापस घुसा तो शमु योश्का उसे वहीं पहरा देता हुआ मिला। बैठे-बैठे वह सो गया था। वह भी रूसी सैनिक की तरह सो रहा था और जागा नहीं।

सोने की बड़ी सख़्त सज़ा दी जाती थी : हंटरों से खूब तगड़ी धुनाई और पीठ के पीछे हाथों को बाँधकर पेड़ से लटका दिया जाता

था और अगर कोई मोर्चे पर ही सोता पाया तो गोली...और यह सो भी कैसे रहा था...मीठे 'परेय' साग का इन्तज़ार उससे नहीं किया जा सका।

"उठ...उठ..." दोस्त ने उसको हिलाया–"उठ यार..."

मुश्किल से वह उसे होश में लाया।

"यह लो खाना।"

शमु योश्का बड़ी-बड़ी नींद से भारी आँखों से वह मोटा रोटी का थैला देखने लगा। फिर उसने दोस्त की ओर देखा। सिर हिलाया। वह सब समझ गया।

लेकिन उस थैले में कुछ अजीब-सी चीज़ थी जिसे देखकर दोनों की आँखें फैल गईं। एक अद्भुत कृति : छोटा-सा, गुड़िया का पालना।

शमु योश्का ने उसे हाथ में ले लिया। हथेली में रखकर देखने लगा। काफ़ी बढ़िया बना था नन्हा-मुन्ना पालना। जेबी चाकू से अच्छी तरह तराशा गया था, छोटे झूले जैसा पालना।

दोनों खामोशी से देखते रहे।

आसमान में सूरज की गरम धूप चमक रही थी। वे छाया न होने से चौंधिया रहे थे, उनके माथों पर पसीने के मोती निकल आए थे और आँखों के आसपास इकट्ठा होकर नीचे लुढ़ककर गिर रहे थे...

शमु योश्का के आँसू छोटे पालने के बीचोबीच गिरे।

"कहाँ से मिला यह तुम्हें, भाई?"

"उधर एक बेचारा अकेला सो रहा है।" किश शमु ने कहा।

शमु योश्का ने सिर हिलाया।

वे चुप रहे। वह यह कहनेवाला था : "यह पालना मेरी बेटी, बोजि के लिए अच्छा रहेगा।" पर उसके मुँह से कुछ न निकला। चुप रहा। दूसरा भी यह कहनेवाला था : "तुम अपनी छोटी बिटिया, बोजि

के लिए उसे घर ले जाओ।'' पर उसने भी नहीं कहा।

वे रोटी के टुकड़े तोड़-तोड़कर धीरे-धीरे खा रहे थे। भगवान की दी रोटी का छोटे से छोटा टुकड़ा उनके मुँह में जा रहा था।

तब शमु योश्का बोला।

''सुन भाई।''

''क्या चाहिए यार?''

''वह बेचारा कहाँ सो रहा है?''

''उधर, नीचे।''

और वे खाते रहे। तब दूसरी बार किश शमु बोला।

''अरे यार, अगर मुझे पता होता...''

और फिर वे खाते रहे।

फिर शमु योश्का ने एक बात कही : ''अपनी बोजि बेटी के लिए मैं भी इस तरह का पालना बना सकता हूँ।''

वह अपनी माहिर आँखों से पालने का रूप देख और समझ रहा था।

फिर किश शमु ने कहा : ''बढ़िया कारीगरी है, लेकिन जादू नहीं है।''

शमु योश्का ने इस पर कहा : ''नहीं, जादू तो नहीं है।''

फिर किश शमु बोला :

''ज़रा मुझे दिखाओ।''

''तुम्हें दे दूँ...नहीं...नहीं...''

''भले मानुस, उसे मैं खा तो न जाऊँगा।''

''पता नहीं, आप क्या चाहते हो, पर मैं तो उसे वापस करना चाहता हूँ।''

''आप उसे कैसे वापस करेंगे जबकि मैं उसे लाया हूँ।''

''क्योंकि यह बात मुझे सूझी...मेरी भी बेटी है, ये मैं ही समझता

हूँ कि क्यों...''

उसने और कुछ नहीं कहा, बस, दूसरे की खाँच पर चल दिया। उसे डर लगा कि गला भारी होने के कारण वह बोल भी न सकेगा।

''अरे, कम-से-कम उसके अन्दर कुछ तो रखो आप, खाली पालना कैसे दोगे?''—किश शमु ने घुड़का। फिर चौथाई रोटी तोड़कर... ''उस रूसी को भी मालूम नहीं, रोटी फिर कब मिलेगी।''

वहाँ घास में सिर नीचे किए बैठा रूसी जाग रहा था। उसे पता नहीं था, क्या हुआ।

सिर्फ़ तब चौंक उठा जब उसके सामने आदमी का चेहरा आया। शमु योश्का ने हाथ हिलाया, फिर पालने को हथेली में रखकर उसे आगे बढ़ा दिया।

रूसी ने नींद से बोझिल लाल आँखें उठाईं और उसकी तरफ़ आश्चर्य और फूहड़पन से देखा।

''ले लो जी...लो...'' शमु योश्का ने मैत्री भाव से कहा—''इसमें कोई बम-वम नहीं है, वैसे आप पहचानो इसमें क्या है।''

रूसी ने उसे ले लिया। दो पिताओं ने एक-दूसरे की ओर देखा, फिर जल्दी ही मुड़ गए।

लड़ाई के मैदान में आदमी की आँखों में आँसू आने के लिए दोनों को शर्म आई।

अनुवाद : *असग़र वजाहत/मारिया नेज्यैशी*

जो समझ में नहीं आता

एक-दूसरे का हाथ पकड़े वलिका और पन्निका सड़क पर चली जा रही थीं। वे स्कूल से घर लौट रही थीं। वे पतली सड़क के कोने में अलग हो जाया करती थीं और वहीं से पन्निका गली में मुड़ जाती थीं। वलिका मुख्य सड़क पर आगे बढ़ जाती थी। पर आज वलिका ने पन्निका का हाथ नहीं छोड़ा और उसे घसीटने लगी।

''आओ, आओ, आज तुम्हें हमारे यहाँ खाना खाना है।''

''न, न, नहीं।''

''टीचर ने कहा है, यह ज़रूरी है।''

''लेकिन नहीं...न...न।''

वलिका ने पन्निका की कोई चिन्ता नहीं की और उसे अपनी तरफ़ घसीटने लगी। वह अधिक तगड़ी, मोटी और साहसी थी। पन्निका यह जानती थी कि टीचर ने वलिका से कहा है कि वह अपने पिता से कहे कि वे कक्षा के ग़रीब बच्चों में से किसी एक को खाना खिलाएँ। तो क्यों न पन्निका ही खाए, वे वैसे भी अच्छी सहेलियाँ हैं। फिर भी पन्निका का वलिका के साथ खाना खाने को मन न करता था। न जाने क्यों? बस, वह नहीं जाना चाहती थी।

लेकिन वलिका जानती थी कि आज पन्निका उसकी है और वह किसी भी क़ीमत पर उसे नहीं भागने देगी। वह उसे मज़बूती से पकड़े खींच रही थी, साथ ले जा रही थी। इस पर उसे गर्व था और वह मुश्किल से लोहे के उस बड़े फाटक तक पहुँच पाने की प्रतीक्षा कर रही थी जिसके अन्दर से पन्निका भाग नहीं पाएगी।

"ममी...ममी!" वह आगे भागी और अपनी माँ को देखकर चिल्लाई–"पन्निका आज से लेकर ईस्टर तक हमारे यहाँ खाना खाया करेगी। टीचर ने यह कहा है।"

माँ हँसीं और अपनी छोटी-सी बेटी को प्यार कर लिया। उन्हें इस बात की बड़ी प्रसन्नता थी कि वलिका इतनी अच्छी, प्यारी और स्वस्थ है और वह कितनी प्यारी तरह चहकती है।

"क्या टीचर ने कहा है? ठीक है, वही टीचर...।"

उन्होंने अपनी छोटी-सी बेटी को फिर एक बार खूब चूमा और तब अच्छी तरह दूसरी छोटी लड़की को देखा जिसे उनकी बेटी साथ लाई थी।

"क्या यह सच है, छोटी बच्ची?"

लेकिन छोटी बच्ची एक शब्द भी न बोली, वह केवल फर्श की तरफ़ देख रही थी और अपनी फ्रॉक की गोट मरोड़ रही थी।

लेकिन वलिका फिर भी चहकती रही।

"क्योंकि वह ग़रीब लड़की है और हर ग़रीब बच्चे को खाने के लिए कहीं-न-कहीं जाना है। टीचर ने यही कहा है।"

उसने तुरन्त अपनी पीठ पर से किताबों का छोटा बस्ता उतारा और उसमें से वह पत्र ढूँढ़कर निकाल लिया जो अध्यापिका ने माँ के लिए भेजा था।

माँ ने पत्र लेकर पढ़ा और कहा।

"तो ठीक है, छोटी बच्ची! तुम अपनी चीज़ें बाहर ड्योढ़ी में रख दो और फिर बाथरूम जाकर अपने हाथ खूब अच्छी तरह धो डालो। तुम भी अपने छोटे-छोटे चिपचिपे हत्तू धो डालो।" और उन्होंने अपनी छोटी बेटी के हाथ थपथपाए और फिर उसके चिपचिपे छोटे-छोटे हाथों को कई बार चूमा।

बच्चियों को भेजकर वे भी बाथरूम में आ गईं और पानी का नल खोल दिया। पानी चमकते हुए नलके से बह निकला और माँ ने तसले में पानी भरकर एक छोटी, सफ़ेद और सुन्दर कुर्सी पर रख दिया। पहले उन्होंने खूब ठीक से धोकर वलिका के हाथ, जो अब गुलाबी लग रहे थे, चूम लिए और तब छोटी लड़की से कहा :

"चलो, अब तुम भी अपने हाथ धो डालो। लेकिन खूब अच्छी तरह से धोना।"

और वे खाने के कमरे में नौकरानी से कहने चली गईं कि मेज़ पर एक और प्लेट लगा दे। उसके बाद उन्होंने रोज़ी से कहा :

"हाँ रोज़ी, बाथरूम में चली जाओ और उस छोटी लड़की के हाथ खूब अच्छी तरह धुलवा दो। साहब इस बात का विशेष ध्यान रखते हैं कि खाने की मेज़ पर बच्चों के हाथ साफ़ होने चाहिए।"

रोज़ी बाथरूम में चली गई। यह अच्छा ही हुआ। बहुत अच्छा हुआ क्योंकि पन्निका ने अब तक तसले में हाथ भी न डाले थे। उसने बच्ची के हाथ रगड़कर साफ़ किए। उसके बाद अच्छी तरह मुँह भी धुलाया और अपने बालों से अपना कंघा निकालकर उसके बाल भी बना दिए।

"ये"—वह बोली। सन्तुष्ट।

वलिका और पन्निका डाइनिंग रूम में आ गईं। वे सही समय पर आ गई थीं क्योंकि साहब उसी समय आए और उन्होंने फौरन पूछा :

"यह छोटी लड़की कौन है?"

वलिका दौड़कर अपने पिता के गले से लिपट गई और बोली : "यह आज से लेकर ईस्टर तक रोज़ हमारे साथ खाना खाया करेगी।"

"ओह।"

"टीचर ने कहा है।"

माँ ने उन्हें संक्षेप में सब बताया और पत्र दिखाया। इस बीच पन्निका अपना सिर झुकाए खड़ी रही, इन्तज़ार करती रही।

"तो अब...तुम्हारा क्या नाम है बच्ची?" पिताजी ने धीरे-से पूछा।

"पन्निका।" वलिका चिल्ला उठी।

"मैंने तुमसे नहीं पूछा।" पिताजी ने कहा।

"तुम बताओगी न?"

"पन्निका।" पन्निका ने जवाब दिया।

"बहुत अच्छा। और तुम्हारे पिता को क्या कहते हैं?"

"पिताजी।" पन्निका ने कहा।

"ये तो तुम उन्हें कहती हो। दूसरे लोग उन्हें क्या कहते हैं?"

"तुम।" पन्निका ने कहा।

"तुम्हें उनका कोई नाम नहीं मालूम? यानोश वार्गा? या मिहाय कोवाच? नाम तो कोई-न-कोई ज़रूर होगा? तो बताओ उनका दूसरा नाम क्या है?"

"मुझे नहीं मालूम।"

"अरे...तुम्हें तुम्हारे पिता इतना तक न सिखा सके? ठीक है। लोग तुम्हें क्या कहते हैं?" उन्होंने अपनी बच्ची से पूछा।

"वलिका।" वलिका ने उत्तर दिया।

"ठीक है, ठीक है। और मुझे क्या कहते हैं?"

"डैडी।"

"ओफ़्फ़ो...तुम कितनी गधी हो...छोटी-सी गद्धी। दूसरे लोग मुझे क्या कहते हैं?"

"साहब।"

"ओफ़्फ़ो...तुम ये सब इसी लड़की से सीख रही हो...मैं तो पहले ही कहता था कि ये सरकारी स्कूल ठीक नहीं हैं। छोटे बच्चों को तो स्कूल अच्छा-खासा मूर्ख बना देता है। आओ चलो खाना खाएँ क्योंकि मुझे भूख लगी है।"

वे मेज़ पर बैठ गए। वलिका अपनी जगह पर बैठी। रोज़ी ने पन्निका के लिए कुर्सी पर एक कुशन रखकर उसे उस पर बिठाया और उस पर हँसने लगी।

मेज़ पर सफ़ेद मेज़पोश बिछा था, प्लेटें सफ़ेद थीं और बीच में एक बड़ा सफ़ेद डोंगा रखा था। हर प्लेट पर अन्दर की तरफ सुनहरी गोल लाइन थी परन्तु पन्निका की प्लेट ऐसी नहीं थी, फिर भी अच्छी थी।

माँ ने वलिका के लिए सूप निकाला, उसके बाद साहब को दिया, फिर स्वयं लिया और अन्त में पन्निका को दिया।

"क्या तुम्हें सूप पसन्द है?" उन्होंने पूछा, लेकिन पन्निका कुछ नहीं बोली।

पिताजी ने अपना सूप खत्म करके वलिका से पूछा :

"क्या सचमुच मेरा नाम तुम्हें नहीं मालूम?"

"डॉ. अंतल वदकैर्ति।" वलिका ने कहा।

"देखो, सबका नाम होता है। हर आदमी का एक नाम है, लेकिन तुम्हारी यह सहेली अपने पिताजी का नाम तक नहीं जानती।"

पन्निका ने अपना सिर झुका लिया।

सूप के बाद मांस और सॉस था। माँ ने सबके लिए और पन्निका

के लिए भी मांस के छोटे-छोटे टुकड़े काटे और पन्निका को देते हुए कहा :

"तुम्हें ये काँटे से खाने पड़ेंगे।"

पन्निका ने काँटे की तरफ देखा और काँटे में लगाकर गोश्त खाने का प्रयास किया, लेकिन मांस काँटे में नहीं फँसा।

"ओह, ठीक है, उसे चमचे से खाने दो, जैसी उसकी आदत है।" पिताजी ने कहा।

इस तरह पन्निका को मांस और सॉस चमचे से खाना ज़्यादा सरल लगा। उसने ब्रेड के टुकड़े करके अपनी प्लेट में डाल लिए, लेकिन इस पर जब वलिका ज़ोर से हँसी तो शर्म से उसका चेहरा लाल हो गया और उसने फिर से सिर झुका लिया।

तब उन्होंने न्यूडल खाए। सफ़ेद, मज़ेदार न्यूडलों पर दही और चिकना पनीर पड़ा था। उन्होंने पन्निका को यह भी चमचे से खाने की अनुमति दे दी।

"यह तो ठीक है, लेकिन तुम्हें ढंग से खाने की आदत डालनी चाहिए। देखो वलिका कितनी अच्छी तरह खाती है।"

जब खाने की मेज़ से सब उठे तो पिताजी ने कहा :

"ठीक है, छोटी लड़की, अब सीधे अपने घर जाओ और अपने पिता से कहो कि यहाँ आ जाएँ, क्योंकि मैं उससे बात करना चाहता हूँ।"

पन्निका ने उसी क्षण अपना कोट ढूँढ़ा, पहना और चलने को हुई।

"ज़रा रुको! तुम्हें जाने से पहले कुछ कहना भी चाहिए। तुम्हें कहना चाहिए, खाने के लिए मैं आपको धन्यवाद देती हूँ। और जब तुम कहीं से बाहर निकलो तो सबसे विदा लेनी चाहिए।"

लेकिन पन्निका केवल खड़ी हो गई और कुछ न बोली।

“अरे ठीक है। वह धीरे-धीरे सीख लेगी,” पिताजी ने कहा। “ईस्टर तक यह सब सीखने के लिए उसके पास काफ़ी समय होगा।”

पिताजी ने यह अच्छी तरह कहा और हँस भी दिए। वे नाराज़ नहीं थे, लेकिन तब भी पन्निका ने सिर लटका लिया और बाहर निकलने लगी।

वलिका को सर्दी लग जाने के डर से बाहर नहीं जाने दिया गया।

“फिर तुम अपने पिता से कह देना कि यहाँ तुरन्त आएँ क्योंकि मैं उसे कुछ काम देना चाहता हूँ।”

उसके बाद साहब लेटने गए और एक घंटा सोए। जब वे जागे तो वह आदमी वहाँ था। वे बाहर बरामदे में उसके पास गए। बरामदे में बहुत फटे कपड़े पहने एक ग़रीब दिहाड़ी मज़दूर खड़ा इन्तज़ार कर रहा था। जब साहब बरामदे में आए तो उसने टोपी उतारी और नंगे सिर सामने खड़ा हो गया। साहब एक मोटे आदमी थे और वह एक छोटा, दुबला-पतला और कुरूप था।

“तुम्हारा नाम क्या है?”

“यानोश तकारो।”

“ठीक है। तो तुम्हारी बेटी हमारे यहाँ ईस्टर तक रोज़ दोपहर का खाना खाया करेगी। समझे?”

वह आदमी कुछ नहीं बोला। उसने केवल सिर हिलाया।

“अगर वह अच्छा व्यवहार करेगी तो उसे वलिका के पहने हुए कपड़े और जूते दे दिए जाएँगे। उसे वह सब मिल जाएगा जो चाहिए। बस, वह अच्छा व्यवहार करे। तुम्हारा गुज़र-बसर कैसे हो रहा है?”

“मेरे पास काम नहीं है।”

“कब से?”

“फसल कटने के बाद से।”

साहब उसे देखते रहे और चुप रहे। वह भी चुप रहा और टोपी अब भी उसके हाथ में थी।

"तब कैसे काम चलता है?"

आदमी ने कन्धे उचकाये और चुप रहा।

"तुम्हारे कितने बच्चे हैं?"

"छह।"

"छह?...ओफ़्फ़ो...तुम्हारे अन्दर छह बच्चे पैदा करने की हिम्मत कहाँ से आ गई जबकि तुम उन्हें पाल नहीं सकते। खैर, कोई बात नहीं...अच्छा, तो समझ लो भाई, मैं तुम्हारी बेटी को ले रहा हूँ। ईस्टर तक वह रोज़ मेरी बच्ची के साथ घर आया करेगी और यह सब तुम्हारे लिए मुफ्त होगा। समझे?...लेकिन मैं नहीं चाहता कि तुम यह महसूस करो कि मैं उसे फ़ोकट में खिला रहा हूँ। तो इसलिए तुम कुछ काम करो। लकड़ी की कोठरी उधर है. ..." और उन्होंने आँगन के पीछे बनी लकड़ी की कोठरी दिखा दी; फिर बोले–"तुम उधर चले जाओ। लकड़ी चीरो। थोड़ी लकड़ी चीरो और सब बराबर।"

यह कहकर वे मुड़े और घर के अन्दर चले गए।

वह आदमी भी मुड़ गया। उसने टोपी पहन ली और उस रास्ते पर चलकर कोठरी तक गया जिस पर से बर्फ़ हटाई जा चुकी थी। उसने कुल्हाड़ी ढूँढ़ ली और लकड़ी चीरने में जुट गया। दो घंटे तक लकड़ी चीरता रहा, उसके बाद चला गया। किसी से कुछ नहीं कहा। बस, नौकरानी रोज़ी चिराग जले अन्दर आई और कहा कि वह आदमी चला गया है।

"कोई बात नहीं" साहब ने कहा–"अगर वह चला गया तो चला गया, हालाँकि मैं उसे एक गिलास पालिंका[1] देना चाहता था।"

1. तेज़ हंगेरियन शराब

दूसरे दिन वह छोटी लड़की स्कूल नहीं गई और वलिका के साथ खाना खाने भी नहीं आई। वलिका रो रही थी कि पन्निका नहीं है।

"कल आएगी।"

पर पन्निका कभी नहीं आई।

कुछ दिनों बाद वे लोग सब भूल गए।

परन्तु एक दिन साहब ने उस आदमी को म्युनिसिपल बोर्ड के सामने देखा और पहचान लिया। वह बेरोज़गार लोगों की भीड़ में खड़ा था और सूनी-सूनी निगाहों से इधर-उधर देख रहा था। साहब ने उसे पुकारा :

"तुम वही हो यानोश तकारो?"

"जी, वही हूँ।"

"अरे, तुम्हारी छोटी बेटी कहाँ है? खाना खाने वह क्यों नहीं आती?"

उस आदमी ने कोई जवाब नहीं दिया, चुप रहा। साहब के बहुत ज़ोर देने के बाद उसने निहायत बर्बर ढंग से चिढ़ जानेवाले स्वर में कहा : "यह सब कुरेदा जाना मुझे पसन्द नहीं है कि ग़रीबों के दिन कैसे कटते हैं।"

साहब ने आश्चर्य से उसकी ओर देखा और इतना ही कहा : "समझ में नहीं आता। क्या तुम्हें इस बात पर दुख नहीं है कि तुम्हारी बेटी भूखी रहती है और उसे खाना नहीं मिलता। तुम किस तरह के लोग हो, समझ में नहीं आता।"

उस आदमी ने जवाब नहीं दिया, सिर्फ़ मुड़ गया और गुस्से और नाराज़गी से सामने देखता रहा।

अनुवाद : *असग़र वजाहत/मारिया नेज्यैशी*

वह भयानक तीसरा

बुढ़िया घंटी की आवाज़ सुनकर काँप गई। जल्दी से दरवाज़ा खोलने के लिए लपकी।

हाँ, उसकी बहू आ गई थी। उसने उसके चेहरे पर कुछ खोजना चाहा, लेकिन उस पर कुछ भी दिखाई नहीं दिया। *अदेलका* का मूड हमेशा की तरह खराब था।

"तुम्हें भूख लग रही होगी, बहू?"

"नहीं। मैं आपसे बता चुकी हूँ कि मुझे भूख नहीं लगती। अम्माँ, आप मुझे हमेशा ऐसे ही देखती हैं मानो मैं भूखों मरती हूँ।"

"बहू, मेरी समझ में नहीं आता कि तुम क्या खाकर गुज़ारा कर रही हो। मैं केवल यह देखती हूँ कि तुम घर पर कुछ नहीं खाती।"

"मैं तो काम पर ही खाती हूँ। नाश्ता 20 *फिल्लेर*[1] में मिलता है, दोपहर का खाना 50 में—उसमें सूप, मांस और कुछ मीठा—और शाम को 10 *फिल्लेर* में नाश्ता। कुल मिलाके 80 *फिल्लेर* लगते हैं और मैं गुब्बारे की तरह मोटी होती जा रही हूँ। और आप मुझे घर पर भी ज़बर्दस्ती खिलाना चाहती हैं।"

---

1. हंगेरियन पैसा *(1 पैंगो में 100 फिल्लेर* होते थे)।

बहू ने यह नहीं बताया कि वह नाश्ते में सिर्फ़ एक *जेमले*[1] खाती है, दोपहर को सिर्फ़ सूप 36 *फिल्लेर* में। बहाना यह करती है कि उसे मांस खाना मना है और बाद में कुछ नहीं खाती। इस तरह भी उसका एक दिन का खाना 48 *फिल्लेर* का पड़ता है। यह एक महीने में बारह-पन्द्रह पैंगो[2] तक हो जाता है, क्योंकि कभी-कभी एक जेमले या थोड़ी-सी मिठाई भी खा लेती है। उस सुपरबाज़ार में सामान बेचनेवाली सभी लड़कियाँ यही करती हैं। अर्थात जो भी उनमें से ईमानदार हैं और जो किसी दूसरी लड़की की दोस्ती पर परोपजीवी नहीं बनतीं। तन्ख्वाह तो बहुत कम है : एक महीने में 21-22 पैंगो से अधिक नहीं बनती। रोज़ का खाना 80 फिल्लेर में नहीं पड़ सकता। और उसके पति बेरोज़गार हैं। दो हफ़्ते से उसने पैर को पहिया कर रखा है, पर एक फिल्लेर कमाकर घर न ला सका।

उसने इतने में कपड़े उतारे और पलँग में लेट गई। यह उसकी एकमात्र विलासिता होती है, जिसके लिए वह समर्थ है। वह घर पहुँचते ही लेट जाती है। सो भी जाती है और केवल तब उठती है जब *विक्तोर* घर आता है।

"क्या हुआ?"

"कुछ नहीं।"

माँ एक छोटे, भूरे से चूहे की तरह डरी हुई उन दोनों को देखती है, फिर सावधानी से बाहर निकल जाती है। एक बर्तन में आलू की सब्जी लाकर बिना कुछ कहे बेटे के सामने रखती है।

"यह क्या है?"

---

1. एक तरह की छोटी ब्रेड।
2. पुराना हंगेरियन रुपया। (आजकल हंगेरियन रुपए को *फोरिन्त* कहते हैं, *1 फोरिन्त में 100 फिल्लेर* होते हैं।)

"मैंने पकाया है, बेटे। मास्टर जी के यहाँ सफाई करने गई थी।"

युवा खाने लगता है। वह अपने को रोक पाने में असमर्थ है। जितना उचित है उससे बहुत ज़्यादा खाता है, पर भूख नहीं मिटती। पूरे दिन तीन *जेमले* के अलावा उसने कुछ नहीं खाया था।

जब उसका पेट भर जाता है तो पत्नी के पास जाकर रज़ाई के ऊपर से उसे सहलाता है।

"कुछ नहीं हुआ?"

उसकी पत्नी धीमी और डरी आवाज़ में कहती है :

"आज ब्लित्स ने मुझे अच्छी तरह देख लिया।"

"क्या कुछ कहा भी?"

"उसने कहा, क्या बात है जी, आप ठीक से चल नहीं पातीं?"

"फिर क्या हुआ?"

"इस पर मैं गिलहरी की तरह एकदम सीढ़ी के ऊपर चढ़ गई और ऊपर से उन्हें बक्से देती रही। पर ऐसा लगा कि उसने खूब अच्छी तरह देख लिया मुझे।"

युवा आदमी ने डरकर हाथ उठाया।

"क्या वह पेट में पैर चलाता है?"

"हाँ, बहुत ज़्यादा। लातें मारता है।"

"क्या मुसीबत आ पड़ी।"

वे गहरी परेशानी में डूबे चुप रहे। बुढ़िया हर शब्द को ध्यान से सुनने और समझने की भरपूर कोशिश कर रही थी। वह बहरी थी फिर भी उन्हें सुन और समझ रही थी। उसने रूमाल से आँखें पोंछीं और बाहर, छोटे रसोईघर में चली गई। उसके बाद अन्दर नहीं आई।

युवा दम्पती को भी नींद नहीं आई। वे इतने परेशान थे कि न तो बातें कर सकते थे और न इन्हें चुप रहने से चैन मिल रहा था।

अगर सुपरबाज़ार में पता चल गया कि अदेलका कई महीने के गर्भ से है तो नौकरी से ज़रूर निकाल दी जाएगी। सर्दियों में सोफ़ासाज़ पति को काम थोड़े ही मिलेगा। उनकी जो थोड़ी-बहुत बचत थी वह भी घर का खर्च चलाने में निकल गई थी और अब पैसा कमाने में वे असमर्थ हैं। *अदेलका* वैसे ज़्यादा तो नहीं कमा सकती : बस, पति के लिए कभी-कभी दो-चार पैंगों ही ले आती है। परन्तु अगर उसकी कमाई मारी जाती है तो उसे भी खाने के लिए पैसा चाहिए होगा।

"मैंने तो तुमसे डॉक्टर के पास जाने को कहा था।"

युवती चुप रही। डॉक्टर के लिए पैसा चाहिए था। तब सर्दियाँ शुरू हुई थीं, उसी समय पति बेरोज़गार हो गए थे। वह इस बात का ज़िक्र भी नहीं कर पाई थी। और उसमें हिम्मत भी नहीं थी। घर पर उसकी शिक्षा-दीक्षा ही इस प्रकार से नहीं हुई थी। अब आँसू बहा रही है। फूट-फूटकर रोने के बाद उसका मन कुछ हलका हुआ तो फिर उसने इतनी मज़बूती से दाँत जकड़े जैसे सब कुछ कर गुज़रने की ठान ली हो। फिर चुप हो गई।

दूसरे दिन सुबह समय पर अदेलका ने युवा लड़की की तरह सुन्दर कपड़े पहने और चल दी। पति कुछ चिन्तित होकर सुपरबाज़ार तक उसे छोड़ने चल पड़ा। उन्हें शहर पार करके कोई तीन किलोमीटर दूर जाना था। सड़क पर बहुत लोग आ-जा रहे थे, ट्रामें खाली जा रही थीं। सभी लोग काम पर पैदल जा रहे थे। वे एक-दूसरे के पास, लेकिन बिना स्पर्श किए, ऐसे ही चल रहे थे मानो उन्हें कुछ एक-दूसरे से अलग कर रहा हो। ऐसा लगता था जैसे बिजली के करंट ने उन्हें एक-दूसरे से अलग कर दिया हो। वे अलग-अलग काँप रहे थे, फिर भी साथ थे।

सुपरबाज़ार के सामने युवा आदमी पत्नी से मुस्कराकर बोला :

"ठीक है, जाओ। भगवान भला करें।"

अदेलका भी मुस्कराने लगी :

"देख लो मुझे, क्या कुछ दिखाई दे रहा है?"

"नहीं, कुछ नहीं, हिम्मत से काम लो...और कुछ खाया भी करो, न।"

"क्यों खाऊँ!"

युवती छोटे से वीर की तरह खुले हुए दरवाज़े की ओर झपटी। पति मुड़कर चल दिया और कुछ कदम जाकर वापस देखा। वह कुछ परेशान था। उसे ऐसा लगा जैसे श्री ब्लित्स दरवाज़े पर खड़े हों।

फिर उसने श्री ब्लित्स को तो नहीं देखा, परन्तु वह पास ही मँडराता रहा। उससे जाया नहीं गया। उसकी परेशानी बढ़ती जा रही थी। वह बता नहीं सकता था कि क्यों, पर उसे महसूस हो रहा था कि अभी उसके जीवन का फैसला होनेवाला है। वह पत्थरों की बड़ी इमारतों को क्रोध और घृणा से देख रहा था। कितनी इमारतें, कितने लोग और कितने कड़ाके का जाड़ा! इसमें यहीं जम जाना चाहिए, जैसे जंगल में भेड़िये को। पर मादा भेड़िया अपने बच्चों को जन्म दे सकती है, उसमें कोई दखल नहीं देता। मगर इस बेचारी, छोटी-सी औरत का जाने क्या होगा?...

वह इधर-उधर टहलता रहा, और उसकी टहलने की रफ़्तार लगातार बढ़ती जा रही थी। अन्त में सुपरबाज़ार के दरवाज़े पर उसे कोई न दिखाई पड़ा। मन में गरजनेवाले क्रोध और उदासियों के अलावा उसे कुछ महसूस न हुआ। वह इतना परेशान हो गया कि कुछ सोच भी न सका।

"पर वे इन्हें इतना क्यों सताते हैं?"—वह ऊँचे स्वर में बोला और उसे पक्का विश्वास था कि अदेलका अपने काउंटर पर न होगी। बल्कि अन्दर, ऑफिस में खड़ी होगी और किस्मत का फ़ैसला होने की

प्रतीक्षा कर रही होगी।

उसी क्षण सुपरबाज़ार के सामने एक पीली-सी युवा औरत आ गई, जो डगमगा रही थी, जैसे उसे चक्कर आ रहे हों। वह अपनी पत्नी को पहचान न पाया।

"क्या हुआ?"

औरत ने कन्धे उचकाए।

"उन्होंने लम्बा इन्तज़ार कराया। उसके बाद उनके डॉक्टर ने मेरी जाँच की और कहा कि सातवाँ महीना हो गया है।"

"तुम्हें निकाला गया?"

औरत ने अपना हाथ बढ़ाकर दिखाया : "चालीस पैंगो मिले।"

फिर वे बहुत से लोगों के बीच सड़क पर चलने लगे। दोनों को ऐसा लगा मानो किसी भयानक शक्ति ने उन्हें उस नाभिनाल से काट दिया हो जो अभी तक उन्हें जीवन से जोड़ती थी।

अनुवाद : *असग़र वजाहत/मारिया नेज्यैशी*

शनिवार की शाम

वह एक शुभ शनिवार था। नवम्बर का अन्त हो रहा था और मौसम सुहाना था। उसे एक और काम मिल गया था। सोमवार को काम शुरू करना था, मगर अनुबन्ध पर दस्तखत तो शनिवार को ही हो गए थे। लकड़ियों के काम में माहिर उस्ताद को अच्छी-खासी पेशगी मिल गई थी।

पेशगी पाते ही वह सीधा लकड़ी बेचनेवाले के पास गया। फौरन उसने बहुत सारी बल्लियाँ और फट्टे चुन लिए। सिर्फ़ बेहतरीन और टिकाऊ। जब अँधेरा घिर आया तो वह बोला–"अच्छा टाल साब, क्या सुकुवा उग आया? तब तो अपनी घरवाली से कह दें कि बाहर आ जाए।"

"किसलिए।"

"आपको इससे क्या, ज़रा बाहर बुलाइए।"

टालवाले की पत्नी ने आँगन से उनकी बातचीत सुन ली और अपने छोटे-से घर की रसोई से बाहर आ गई।

"क्या बात है उस्ताद?"

"आइए मैडम, ज़रा पास आइए, अपना घाघरा फैलाइए।"

दुकानदार की पत्नी उस्ताद को जानती थी; कि वह बड़ा मज़ाकिया आदमी है। उसने सोचा कि वह उनके बच्चों को मूँगफली वगैरह देना चाहता है। वह उसके पास गई और हँसते हुए उसने अपने घाघरे का दामन फैला दिया। उस्ताद ने अपनी दाहिनी जेब में हाथ डाला और मुट्ठी-भर चाँदी के सिक्के निकालकर उसके दामन में डाल दिए।

“ये क्या है?” दुकानदार और उसकी पत्नी दोनों हँस पड़े। उस्ताद ठठाकर हँसा।

सर्द मौसम में उसका चौड़ा माथा दमक रहा था और उसकी नीली, मासूम आँखें खिली पड़ रही थीं।

“तुम्हें नहीं दूँगा।” उसने दुकानदार से मुखातिब होते हुए कहा, जो अपनी काली दाढ़ी को खुजला रहा था, “बल्कि तुम्हारी घरवाली को दूँगा। इस तरह कम-से-कम ये सही जगह पर रहेंगे। अपने मरद को मत देना।” उसने औरत से ऊँचे स्वर में कहा, “इनसे बच्चों के लिए कुछ खरीदना।”

पेशगी देने के इस अजीब तरीके पर उन्हें बड़ा मज़ा आ रहा था।

“तुम्हें पता भी है कि कितने दिए?” दुकानदार बोला।

“गिन लो और अपने बड़ेवाले रजिस्टर में लिख लो। भगवान तुम्हारा भला करे, मैं चलता हूँ।”

यह कहते हुए उसने प्रसन्नभाव से अपनी टोपी को हलके-से ऊपर उठाया, फिर उसे शातिराना ढंग से खींचकर तिरछी करते हुए किसी क्रान्तिकारी रंगरूट की तरह टेढ़ी चाल चलता बना।

हँसते-हँसते टालवाले और उसकी पत्नी की आँखों में आँसू आ गए। औरत ने अपने पति से जर्मन भाषा में कहा–

“तुम्हें तो दूँगी भी नहीं। उस्ताद ठीक कह रहा था, तुम बच्चों को कभी कुछ नहीं देते।”

उस्ताद खुशी-खुशी चला। सड़क के आखिरी छोर तक पहुँचा और सीधे घर गया।

“चुन्नू-मुन्नू।” उसने ज़ोर से आवाज़ लगाई, “तुम सब घर पर ही हो न!”

“हाँ, हाँ।” एक छोटा बच्चा चिल्लाया।

“अच्छा सब एक साथ खड़े हो जाओ, पर जल्दी से। तुम लोगों को मेरे साथ चलना है।”

उसकी पत्नी भीतर से झाँकती हुई बोली–“कहाँ?”

“तुझे इससे क्या मतलब। ठेके पर ले जाऊँगा।”

वह घबरा गई। क्योंकि वह हरेक बात को गम्भीरता से लेती थी।

मगर पति भीतर नहीं घुसा। बस वह अपने हर बच्चे का नाम ले-लेकर उन्हें बुलाए जा रहा था। बच्चे जिज्ञासा से भरे, हँसते हुए जल्दी-जल्दी बाहर निकल पड़े। उन्होंने अपनी किताबें पटकीं और पढ़ाई-लिखाई को ताक पर रख दिया। वैसे भी अब अँधेरा हो चला था। उन्होंने अपने बाप को घेर लिया।

“अच्छा, मेरे साथ आओ।”

वे सभी सड़क पर निकल पड़े।

“चलो लाइन लगाओ।”

उन्हें पहले से ही पता था कि लाइन कैसे लगाई जाए। उन्होंने अगल-बगल लाइन लगाकर पूरी सड़क घेर ली, और उसी तरह सड़क के बीचोबीच चलने लगे। तीन बेटे दाएँ और तीन बाएँ। बीच में उस्ताद सीना ताने चला जा रहा था। सामने से कोतवाल साहब चले आ रहे थे। वह दूर से ही चिल्लाया–“अरे कोतवाल साहब, आपकी मूँछों के क्या हाल हैं?”

कोतवाल साहब, जिनका नाम ही जार्ज मुच्छड़ था, इस बात पर हँस पड़े।

"आपके कब होंगे ऐसे छह बेटे?"

उसने अपने मज़ाक को हलका करते हुए कहा।

"मेरे? कभी नहीं।" कोतवाल साहब हँसे और उन्होंने खिले मन से उस छोटी-सी फ़ौज पर नज़रें दौड़ाईं।

"तब तो जज बन जाने पर भी आपका कोई नाम न होगा।"

वे लोग और आगे बढ़े। ज़्यादा दूर तक नहीं, सिर्फ़ दसवें मकान तक। वहाँ जूतों की दुकान थी। उस्ताद ने उस तरफ अपने कदम बढ़ाए।

"अन्दर चलो।"

यह कहते हुए वह उस छोटी-सी दुकान में घुसा, जिसकी दीवारों में छत तक ख़ाने ही ख़ाने बने हुए थे और उनमें काग़ज़ के डिब्बे ठुँसे पड़े थे।

"नमस्ते, वाइस साब।"

"नमस्कार, अहोभाग्य, मैं आपकी क्या सेवा कर सकता हूँ, उस्ताद?"

"सेवा, क्या सेवा? क्या मैं यहाँ चाबुक की डंडी लेने आया हूँ? तुम तो बस जूते ही दो।"

"किस राजकुमार के लिए?"

"राजकुमार, भाड़ में गए राजकुमार। राजकुमार तो तब होते जब इनका बाप राजा होता।"

"अच्छा तो फिर किसे?"

"किसे? सबको। छओ को।"

दुकानदार ने हैरानी से हाथ पर हाथ मारा।

"तुम्हारा दिमाग़ तो नहीं चल गया है उस्ताद। क्या तुम वाकई छह जोड़े जूते खरीदोगे?"

"नहीं जी, हमें तो सात जोड़े चाहिए। घर में मेरी पत्नी भी तो

है। उसके लिए भी लेंगे।

"बाप रे बाप।" दुकानदार के मुँह से निकला, "यह तो गजब है, सात जोड़े जूते।"

उस्ताद हँसा।

"इतने तो शायद होंगे भी नहीं।"

"हैं जी, हैं। मगर ये फ़िज़ूलख़र्ची है। सात जोड़े जूते? क्या समझ रखा है? इस जमाने में?"

"फालतू बात न करो, बस निकालो।"

दुकानदार ने अपना काम शुरू किया। वह एक-एक करके डिब्बों को निकालने और खोलने लगा।

"सिर्फ़ बड़े-बड़े, ताकि उनमें पैर खूब आराम के साथ आ जाएँ।" वह बच्चों के पैर दबा-दबा कर देखता कि जूतों में अँगूठे के आगे जगह है या नहीं। अगर नहीं होती तो वह बिना झिझक एक नम्बर बड़ा जूता दिलवा देता।

इसी बीच दुकानदार की पत्नी जलती हुई लालटेन लेकर आई। वह भी मदद करने लगी। इन लोगों ने सब कुछ तितर-बितर कर दिया था और घोड़े की खाल से बने लाल रंग के खूब अच्छे जूते पसन्द किए थे। एक जोड़े की क़ीमत ढाई या तीन फोरेन्त तक थी।

उस्ताद ने अन्त में अपनी बाईं जेब में हाथ डाला और मेज़ पर बहुत सारे सिक्के उड़ेल दिए।

"जितने चाहिए, इनमें से उठा लो।"

इन लोगों ने पुराने जूतों को खाली डिब्बों में भर दिया। इस तरह यह फ़ौज लौट पड़ी। हर किसी के पैरों में सुन्दर, सख़्त, लाल जूते यूँ चमक रहे थे जैसे वे 'बीच' की लकड़ी से बने हों। गर्व से भरे बच्चे हा-हा, हू-हू कर रहे थे। बाप ने झिड़की दी—"कैसे चल रहे हो सड़क पर, चुप रहो। पुलिसवाला पकड़कर ले जाएगा। तुम लोग

आगे चलो, मैं भी तो देखूँ, तुम लोग कैसे चलते हो।''

बच्चों को आगे चलना पड़ा। वह पीछे से उनकी चाल देख रहा था। ''गाजी, तू लँगड़ा है क्या? भचक रहा है। चलते हुए अपनी सीधी दाईं टाँग को उलटी (बाईं) टाँग से क्यों टकराता है? मैं एक कुल्हाड़ी लाऊँगा और तेरी बाईं टाँग से उतना हिस्सा काट दूँगा, जितना तुझे अड़ता है।''

उसके सबसे बड़े बेटे का चेहरा लाल हो गया। उसके छोटे भाइयों के सामने पिता ने उसे लज्जित जो किया था। और वह अपनी टाँगें इतनी चौड़ी करके चलने लगा जैसे खाई के दो किनारों पर पैर रखकर चल रहा हो।

वे घर पहुँचे। माँ दालान में थी और उनका इन्तज़ार कर रही थी। वह समझ गई थी कि बच्चों के साथ उसका पति कहाँ गया होगा। वह उन्हें जाते हुए देखती रही थी। वहाँ खुशी का माहौल था।

''अपने लिए नहीं खरीदे?'' उसने अपने पति से पूछा। ''चाहे हमें न भी मिलें'' उसने सोचा, ''पर बच्चों के लिए तो होना चाहिए।''

सभी छोटे बेटे नए जूते पहने आँगन में और फिर सड़क की ओर भागे। सड़क बर्फ़ से ढँकी हुई थी और फिसलन थी। आगे बढ़कर वे सभी जमे हुए नाले पर फिसलने लगे। बुरा हुआ, नीचे 'दाई के गड्ढ़े' के ऊपर एक मोची रहता था। जब उसने फिसलते हुए बच्चों को देखा, वह अपने फाटक पर खड़ा होकर उन्हें डाँटने लगा। वह तब तक चिल्लाता रहा, जब तक कि बच्चे घर नहीं चले गए।

बिल्कुल सही समय पर, क्योंकि उन्हें खाने के लिए बुलाया जा रहा था।

वे लोग एक बड़ी मेज़ के इर्द-गिर्द बैठे। उनकी माँ, गरम-गरम बढ़िया खाना परोस रही थी, कि बनिया ग्रुन्दफेल्द दाख़िल हुआ।

"नमस्कार।"

"भगवान तुम्हारा भला करे ग्रुन्दफेल्द भाई।" मगर बनिया दरवाज़े पर ही खड़ा रहा और खाने में मगन उस उमंगभरी टोली को देखता रहा।

"आओ, भीतर आ जाओ। देख क्या रहे हो?"

बनिया बस हाथ पर हाथ धरे खड़ा रहा। वह कुछ बोल नहीं पा रहा था।

"अच्छा! तो आप लोग रात को भी खाना खाते हैं?" आखिरकार वह बोला।

"क्यों? क्या तुम लोग नहीं खाते?" उस्ताद हँसने लगा, "वाह भइया।"

"बाप रे बाप! बुरी बात है। किसके बस की है?"

"तुम्हारे भी तो कई बच्चे हैं, रात में उन्हें खिलाते हो?"

बनिया धीमे से, नरमी के साथ बोला, "पूजा करते हैं और सो जाते हैं।"

इस पर पूरा परिवार ठठाकर हँस पड़ा। लड़के उछल पड़े। चारपाई पर और घर के कोनों में लोटपोट करने लगे।

"सचमुच," बनिया ने कहा, "शाम को उन्हें एक गिलास चाय मिलती है और रात में सब सो जाते हैं। इतने सारे बच्चों को पालने का दूसरा कोई तरीका नहीं है।"

"तो ठीक है ग्रुन्दफेल्द भाई।" उस्ताद ने कहा, "ये लो उधारी का एक पेंगो। बही में लिख लेना। देखो, मैं जानता हूँ कि तुम इसीलिए आए हो क्योंकि तुम्हें पता चल गया है कि मेरी जेब में पैसे हैं। सो मैं तुम्हारे बकाए का पेंगो लौटा रहा हूँ।"

"ओफ़्फ़ो!, तुम पर मेरे चौंतीस पेंगो निकलते हैं। कम-से-कम दस तो दे दो भइया।"

''देखो ग्रुन्दफेल्द भइया, तुम्हें इस पैसे की ज़रूरत तो है नहीं। तुम इसका क्या करोगे। तुम तो पूजा करते हो और फिर सो जाते हो। अगर अपने बच्चों को खाना खिलाते तो मैं अभी सारे पैसे चुका देता। मगर इस हालत में मैं तुम्हें एक पेंगो से ज़्यादा नहीं दूँगा।''

''मजाक मत करो उस्ताद! भइया, मेरे प्यारे भाई, मेरे इतने सारे बच्चे हैं, उनका पेट कैसे पालूँ, जबकि सभी लोग उधारी पर चीज़ें खरीदते हैं।''

''तुम चाहे जितना हाथ-पाँव जोड़ो, मैं एक कानी कौड़ी भी नहीं दूँगा। अगर वादा करो कि अपने बच्चों को रात में खाना खिलाओगे तो मैं तुम्हें एक पेंगो और दे दूँगा।''

अनुवाद : *जतीन कौशिक*

सहयोग : मारिया नेज्यैशी, अब्दुल बिस्मिल्लाह

●●●